大
方
sight

KURT
VONNEGUT

05

The Last Interview
最后的访谈

冯内古特

［美］库尔特·冯内古特 著

李爽 译

中信出版集团｜北京

图书在版编目（CIP）数据

冯内古特：最后的访谈 /（美）库尔特·冯内古特著；李爽译 . -- 北京：中信出版社，2019.6（2019.7重印）

书名原文：Kurt Vonnegut：The Last Interview and Other Conversations

ISBN 978-7-5217-0677-2

I. ①冯⋯ II. ①库⋯ ②李⋯ III. ①访问记-作品集-美国-现代 IV. ① I712.55

中国版本图书馆 CIP 数据核字（2019）第 103188 号

"Kurt Vonnegut: The Art of Fiction" © 1977, *The Paris Review* and reprinted by arrangement with The Wylie Agency LLC.
"There Must Be More to Love Than Death" reprinted with permission from the August 2, 1980 issue of *The Nation*.
"The Joe & Kurt Show" © 1992, Carole Mallory. Originally appeared in *Playboy* magazine.
"God Bless You, Mr. Vonnegut" © 2007, 2012, Project 13 Productions.
"The Melancholia of Everything Completed" reprinted by permission of by J.C. Gabel and *Stop Smiling*.
"The Last Interview" reprinted by permission of *In These Times*: inthesetimes.com
This edition arranged with MELVILLE HOUSE PUBLISHING through BIG APPLE AGENCY, LABUAN, MALAYSIA.
Simplified Chinese translation copyright © 2019 by CITIC Press Corporation.
ALL RIGHTS RESERVED
本书仅限于中国大陆地区发行销售

冯内古特：最后的访谈

著　　者：[美] 库尔特·冯内古特
译　　者：李　爽
出版发行：中信出版集团股份有限公司
　　　　　（北京市朝阳区惠新东街甲 4 号富盛大厦 2 座　邮编　100029）
　　　　　（CITIC Publishing Group）
承　印　者：上海盛通时代印刷有限公司

开　　本：880mm×1230mm　1/32　　印　张：4.75　　字　数：102 千字
版　　次：2019 年 6 月第 1 版　　　　印　次：2019 年 7 月第 2 次印刷
京权图字：01-2019-2773　　　　　　广告经营许可证：京朝工商广字第 8087 号
书　　号：ISBN 978-7-5217-0677-2
定　　价：28.00 元

版权所有·侵权必究
凡购本社图书，如有缺页、倒页、脱页，由销售部门负责退换。
服务热线：400-600-8099
投稿邮箱：author@citicpub.com

目录

1 库尔特·冯内古特,小说艺术
采访者 大卫·海曼 | 大卫·米凯利斯 | 乔治·普林顿 | 理查德·罗兹
《巴黎评论》,1977 年春季刊

49 "值得爱的一定不止死亡"
采访者 罗伯特·穆西尔
《国家》,1980 年 8 月

67 乔与库尔特秀
主持人 卡萝尔·马洛里
库尔特·冯内古特对话约瑟夫·海勒
《花花公子》,1992 年 5 月

103 大功告成的忧郁症
采访者 J·C·加贝尔
《别笑》,2006 年 8 月

129 上帝保佑您,冯内古特先生
采访者 J·伦蒂利
《美国航空杂志》,2007 年 6 月

139 最后的访谈
采访者 希瑟·奥古斯丁
《在这些时代》网页版,2007 年 5 月 9 日

我们并不缺少优秀的作家。
缺少的是值得依赖的读者群体。

KURT VONNEGUT, THE ART OF FICTION

库尔特·冯内古特，小说艺术

采访者
大卫·海曼
大卫·米凯利斯
乔治·普林顿
理查德·罗兹

《巴黎评论》(*The Paris Review*)
1977 年春季刊

这份库尔特·冯内古特的采访稿最初是由近十年中对作者的四次采访拼合而成。受访者对自己的谈话记录感到无比担忧，于是对组合后的采访稿做了大量修改……实际上，以下可以看作一次他对自己的采访。

组合稿中第一次采访（采访于马萨诸塞州西巴恩斯特布尔，冯内古特当年四十四岁）的开场介绍是这样的："他是一位老兵，一个顾家男人，身型高大，肢体松散，自在舒适。他待在一把扶手椅里，穿着粗硬的粗花呢外套，剑桥灰的法兰绒裤，一件蓝色的布克兄弟上衣，松垮垮地坐着，手揣在裤兜。他暴风雨般的咳嗽和喷嚏席卷了整场采访，这缘于秋季风寒加上一生漫长的烟史。他的嗓音是浑厚的男中音，中西部味道，语调带拐弯。他时不时地现出一种露齿而警醒的微笑，这种微笑属于一位几乎见识过一切但深藏于心的男人，这其中有萧条、战争、严酷的生命危险、愚蠢的企业公关事务、六个孩子、不稳定的收入和迟来的认可。"

这个采访组合中的最后一次发生在 1976 年的夏天，距离第一次采访已经好几年。这次是这样描述他的："……他的举止如同一条低调而友善的家中老狗。总的来说，他的样貌是乱蓬蓬的：打卷的长发，留着小胡子，怜悯的微笑，仿佛周围的世界让他觉得既好笑又伤感。他租下了杰拉尔德·墨菲的房子来度过夏天，在走廊尽头的一间卧室工作。在这个房间里，艺术家墨菲，这位生活奢侈的交际达人、艺术伟人之友，度过了最后时日，他死于1964年。冯内古特坐在书桌旁，可以透过一扇小窗看到前院的草坪，他身后是白色的吊篷大床。书桌上摆在打字机旁的是一份安迪·沃霍尔的《访谈》杂志、克兰西·西加尔的《内部地带》[1]，还有几个抽完的烟盒。

"冯内古特自1936年起长期吸长红牌香烟，在采访过程中，他抽掉了一盒烟的大半。他的声音低沉严肃，谈话途中他不停地点烟吐烟，仿佛是给对话加上标点。其他令人分神的事物，譬如叮当的电话铃和一只叫南瓜的毛烘烘小狗的叫声，并没有打扰冯内古特善意的姿态。丹·韦克菲尔德[2]对他这位肖特里奇高中校友的评价的确不假：'他总是大笑，对每个人和善。'"

采访者 你是位二战老兵？

冯内古特 是的。我死的时候最好有军礼厚葬，号手奏乐、国旗盖棺、鸣响礼炮、抬入圣地。

---

[1] 克兰西·西加尔（Clancy Sigal，1926-2017），美国电影编剧电影作品有《弗里达》《爱情与战争》等。《内部地带》（Zone of the Interior）是他的一部书籍作品。译者注，下同

[2] 丹·韦克菲尔德（Dan Wakefield，1932- ），美国小说家、编剧、记者。

采访者　　为什么?

冯内古特　这是我一直都很向往的东西,但除非我战死沙场才能得到。

采访者　　这种东西是?

冯内古特　同胞的绝对认可。

采访者　　你觉得现在不被认可吗?

冯内古特　亲人们说看到我有钱了很高兴,然而他们完全读不了我的作品。

采访者　　你在二战中是步兵营的侦察兵?

冯内古特　是的,不过我的基础训练是操控240毫米榴弹炮。

采访者　　是个不小的武器。

冯内古特　这是当时最庞大的移动式陆战武器。这种武器有六大组块,每块由履带拖拉机颠簸地载着。收到开火命令,我们先要把大炮组装起来。这根本就是发明现场。我们用升降机和千斤顶把一个组块叠在另一个组块上面。炮弹本身就有大概二十四厘米长的直径,二百七十多斤重。我们建了一条迷你火车铁轨,把炮弹从地面沿斜坡运到约两米半高的后膛。炮闩就跟印第安纳州珀鲁存贷款协会保险库的大门一样。

采访者 发射这样的炮弹肯定让人激动不已。

冯内古特 其实不然。我们把炮弹装好，然后扔进去一包包反应迟缓的炸药。感觉像是受潮的狗粮。我们关上炮闩，用锤子敲击汞雷管，点燃里面的烈性炸药，给湿乎乎的狗粮打火。主要目的应该是产生水汽。过不久就能听见烹饪的声响，特别像料理火鸡。情况极为保险的话，看起来完全可以时不时打开闩门，给炮弹刷上点调料油。后来榴弹炮终于有了动静。最后大力启动反冲机制，将炮弹发射。炮弹会像固特异飞艇[1]一样飘出去。如果有架梯子，我们肯定会在炮弹出膛的时刻往上面大笔挥写"去他妈的希特勒"。这样就会有直升机对它穷追不舍，然后击毁坠地。

采访者 终极的恐怖武器。

冯内古特 普法战争的话。

采访者 但是你最后并不是随这种武器出战，而是去了第106步兵师。

冯内古特 "盒饭步兵师"。他们经常给我们发盒饭。萨拉米香肠三明治和一个橘子。

---

[1] 固特异飞艇，美国固特异公司生产的著名软式飞艇。

采访者　　战场上吗?

冯内古特　我们还在美国的时候。

采访者　　你受过步兵训练吗?

冯内古特　从来没有。军营侦察兵可是精英兵种,看出来了吧。每个军营只配六个侦察兵,没人确切知道他们应该做什么。于是我们就每天上午齐步走到娱乐室,打乒乓球,填候补军官学校的申请表。

采访者　　那你在基础训练里肯定也熟识了榴弹炮之外的武器。

冯内古特　如果你训练操控240毫米榴弹炮,那你余下的时间连一部性病宣传片都看不了。

采访者　　你到前线做了什么?

冯内古特　我模仿看过的很多部战争片。

采访者　　你在战场上对别人开过枪?

冯内古特　这个我想过。我有次的确举起刺刀,全力准备冲刺。

采访者　　你冲刺了吗?

冯内古特　没有。如果别人都冲了,我也会冲。不过我们决定不冲。我们一个人也看不见。

采访者	这应该是阿登战役[1]的时候吧？这是美军历史上一次最血腥的溃败。
冯内古特	很有可能。我执行的最后一项任务是搜寻我们自己的炮兵部队。侦察兵通常应该搜寻敌方的东西。但情况差到如此地步，以至于最后我们到处寻找自己的家伙。如果我找到了我们自己的炮兵指挥官，大家都会觉得是很值得称道的。
采访者	你不介意描述一下被德军俘虏的事情吧？
冯内古特	乐意为之。我们当时在跟一战战壕差不多深的沟里，到处铺满了雪。有人说我们可能在卢森堡。我们的食物补给用完了。
采访者	"我们"是谁？
冯内古特	我们的军营侦察队。全体六人。还有大概五十个我们从没见过的同胞。德国人看得见我们，因为他们从扩音器里向我们喊话。他们向我们宣告，美军已经四面楚歌云云。我们就是在那时举起刺刀准备冲刺的。那几分钟里感觉还是很不错的。
采访者	为什么？

---

[1] 阿登战役，1944年12月16日到1945年1月25日的战争，指纳粹德国于二战末期在欧洲西线战场比利时瓦隆的阿登地区发动的攻势。

冯内古特　　像头豪猪似的满是钢刺。我同情那些不得不攻击我们的人。

采访者　　但他们还是放马过来了？

冯内古特　　没有。他们向我们发射了88毫米炮弹。炮弹飞向我们上方的树梢。巨大的爆炸声在头顶震开。破碎的炮弹片淋洒在我们身上。有人被炮弹击中了，德国人再次催促我们出来。我们没喊"疯子"之类的话，而是说着"好"还有"别激动"什么的。最后德国人终于亮相了，身穿白色的伪装服。我们可没有那种行头。我们的是橄榄绿迷彩服。无论春夏秋冬，都是橄榄绿迷彩服。

采访者　　德国人说了什么？

冯内古特　　他们说我们的战争到此为止了，我们很幸运，能确信幸存于二战，他们自己会怎么样还很难说。果不其然，他们大约会在接下来的几天里被巴顿[1]的第三军团杀害或俘虏。玄机莫测。

采访者　　你会讲德语吗？

冯内古特　　我经常听父母讲德语。他们没教过我，因为美国在

1　乔治·史密斯·巴顿（George Smith Patton，1923–2004），美国将军，二战期间率领第三军团和第七军团于欧洲战场作战。

一战期间对跟德国有关的一切都心存芥蒂。我对俘虏我们的德国兵尝试着讲了几句，他们问我是不是有德国血统，我回答："对。"他们问我为什么要攻打德国，和自己的兄弟过不去。

采访者　你怎么说的？

冯内古特　说实话，这是个既无知又滑稽的问题。我父母已经把我与德国出身彻彻底底地分开了，俘虏我的完全可以是玻利维亚人或藏族人，没有任何差别。

采访者　被俘虏后你被运到德累斯顿[1]？

冯内古特　我们被押送上车，是运输对方军队的同一批货车，也或许就是这些车将犹太人、吉普赛人和耶和华见证人送往集中营。货车就是货车，一视同仁。英国蚊式轰炸机在夜间袭击了我们几次。我猜我们是被当成了某种战略物资。他们击中了一节车厢，我们军营里大多数军官都在上面。每次我讲到厌恶军官，我还总这么讲着，我都提醒自己说，那时候我的上司们可是无一生还。冥冥之中有神灵。

采访者　你们最终到达了德累斯顿。

---

[1] 德累斯顿，德国萨克森州首府和第一大城市，德国十大主要城市之一。

冯内古特　　我们先到了德累斯顿南部的大型俘虏营。他们把列兵从非战斗人员和军官中分出来。《日内瓦公约》，这充满爱德华时代感的公约条款规定，列兵俘虏必须通过劳役来实现自我供给。其余人等则在牢狱中颓废终日。作为列兵，我被押往德累斯顿。

采访者　　你对轰炸前的城市有什么印象？

冯内古特　　我从未见过如此奇幻的都市，到处是雕像和动物园，就像巴黎。我们住在一个屠宰场里，住处是间看起来不错的新筑的水泥猪棚。床铺和稻草席被安置在猪棚里，作为合同工，每天上午我们为一间麦芽糖浆厂工作。那些麦芽糖浆是给孕妇服用的。该死的防空警报时不时响起，我们能听见别的城市遭到空袭的声音——嘭嘭嘭嘭。我们倒从没想过这座城市也会遭轰炸。这里的防空设施特别少，根本没有军事工业，有的只是一些卷烟厂、医院、单簧管厂。后来，防空警报响了，那是1945年2月13日，我们躲进地下二层的大型储肉地窖。那里十分凉爽，四周挂满屠宰的牲口。等我们再回到地面，城市已经不复存在。

采访者　　你们在地窖里没因缺氧窒息？

冯内古特　　没有。地窖很大，我们人数也不多。空袭的规模听起来也并不是很大。嘭。他们一开始是投放烈性炸药，先将一切击散，接着撒播燃烧弹。二战刚开始的时候，燃烧弹还算有块头，跟鞋盒一样长，而到了德累斯顿轰炸，它们只有一丁点小。这些燃烧弹就这样摧毁了一整座城。

采访者	你们回到地面的时候发生了什么？
冯内古特	我们的看守兵是非战斗人员，一位中士、一位下士和四位列兵，没有首领，也无家可归，因为他们是德累斯顿人，都是前线的伤兵，被派回老家做些轻活。他们看守了我们几个小时，也不知此外还能做点什么。他们走到一起相互说了会儿话。最终我们越过废墟，和几个南非人一起被安排到郊区住下。作为一项卫生措施，每天我们进城，从地下室和防空洞里挖出尸体。我们走进那种典型的避难所，通常是间普通的地下室，看起来像一节有轨电车，里面坐满了仿佛同时心脏病发的乘客。就是人在座位那儿坐着，全是死的。火焰风暴是很惊人的东西。在自然界并不会发生。中间刮起龙卷风，完全无法呼吸。我们把死人搬出来，装进车里，送到城市里未被废墟填满的大片公园空地。德国人点起火葬柴堆来焚尸，以防霉味和病毒传染。十三万尸体藏在地下。这是一次极为彻底的复活节蛋大搜寻。我们越过德国军队的警戒线去劳动，民众看不出我们在忙什么。几天后城市开始散发霉味，于是新的技能

被开发出来了。我们冲进防空洞,不看是谁就直接搜刮兜里的贵重物品,转手交给守卫。接着士兵拿火焰喷射器过来,站在门口把里面的人火化。搜完金银珠宝,马上全体焚烧。

采访者 这该给想成为作家的人留下多么深刻的印象!

冯内古特 的确是个奇幻的场面,而且很吓人。同时也真相大白,因为当时美国平民和陆军不知道美国炮弹兵从事的是饱和性的狂轰滥炸。这个秘密一直保守到二战尾声。之所以烧毁德累斯顿,原因之一就是他们早把别的都烧光了。要不"我们今晚能干点什么?"大家准备好开路,德国人还在打,于是启动了这种焚毁城市的机制。这是个秘密,火烧城市——小便壶烧开了,婴儿车冒着火苗。关于诺顿投弹瞄准器[1]有个传言。你看新闻片,投弹手左右各有一位议员,拿上膛的45式手枪对着他。全是胡诌八扯,其实怎样,几百架飞机,在城市上空飞过,一番轰炸。战后我去芝加哥大学,面试官就曾参与德累斯顿轰炸。他了解到我这段人生经历,说:"唉,我们也讨厌这么做。"这话我一直没忘。

---

[1] 诺顿投弹瞄准器,二战时期美国空军和海军使用的投弹瞄准器,可以测量轰炸机的飞行速度,并根据飞行信息确定投弹点。

采访者　　　另一种反应应该是："我们是被命令这么做的。"

冯内古特　　那考官的反应更人性化。我感觉他认为轰炸是必要的，或许也真是如此。大家从中得到的收获，就是明白了重建一座城市可以多么迅速。工程师们说重建德国需要五百年。实际上花了大概十八周。

采访者　　　这段经历之后你想马上动笔吗？

冯内古特　　城市被摧毁的时候，我完全不了解事件的规模，不清楚不莱梅或汉堡或考文垂是不是也这样。我从没去过考文垂，所以除了电影中看到的，我对轰炸的规模毫无概念。我回家后（从为《康奈尔太阳报》撰稿时起我便是个作家，只不过也就写了这点东西）也动过写战争经历的念头。我去了《印第安纳波利斯新闻报》报社办公室，想看看有哪些关于德累斯顿的报道。有条一厘米长的短文章，讲我方飞机在德累斯顿上空作战，其中两架牺牲。于是我想，好吧，这的确是第二次世界大战最次要的细节了。别人的写作材料比我多得多。记得那时候我很羡慕安迪·鲁尼[1]，他当时飞速投身写作，我跟他不认识，但我认为战后他是第一个出版战争题材作品的人，书名是《空中炮手》。老天，我可从没经历过那么时髦的冒险。但我会不时遇上一位欧洲人，彼此聊起二战，我说自己曾在德累斯顿，

---

[1] 安迪·鲁尼（Andy Rooney, 1919–2011），美国资深传媒工作者。

他们会大为惊讶，总想了解更多。后来戴维·欧文[1]出了本关于德累斯顿的书，书里说这是欧洲历史上最大规模的屠杀。我说天哪，我还是见着点什么的！我要试着把我的战争经历写出来，不管是否有趣，都要写出点东西。《五号屠场》的开头略带讲述了这个过程，我曾期待这个故事由约翰·韦恩[2]和弗兰克·辛纳屈[3]这样的人主演。最后，有位女孩，名叫玛丽·奥黑尔，是一位与我同在德累斯顿的战友的妻子，她说："你们那时只不过是孩子。假装自己是韦恩和辛纳屈那样的人是不合理的，这也是对未来几代人的不公，因为你们美化了战争。"这对我来说是一个极其重要的启迪。

采访者　这几乎转变了整个关注点……

冯内古特　她让我放开了思路，去写我们实际上都是怎样的孩子：十七、十八、十九、二十、二十一岁。我们都一脸稚气，被俘虏的时候我似乎不需要经常刮胡子。记得好像没这个烦恼。

采访者　再问一个战争的问题：你现在是否还会想起德累斯

---

[1] 戴维·欧文（David Irving, 1938- ），英国作家，多部作品研究二战史及纳粹德国。
[2] 约翰·韦恩（John Wayne, 1907-1979），美国电影演员，著名西部牛仔明星。
[3] 弗兰克·辛纳屈（Frank Sinatra, 1915-1998），美国歌手、影视演员、主持人。

顿的燃烧弹轰炸？

冯内古特　关于这次轰炸，我写过一本书，叫作《五号屠场》。这本书还在卖，我得时不时出来做做商业推广。马塞尔·奥菲尔斯[1]邀请我在他的电影《正义的记忆》里出镜。他希望我将德累斯顿轰炸描述成一场暴行。我说他不如去找伯纳德·奥黑尔谈谈，也就是玛丽的丈夫，他真的去找了他。奥黑尔和我一起当过步兵营的侦察兵，后来一同被俘虏。他现在在宾夕法尼亚州当律师。

采访者　为什么你不愿作战争的见证？

冯内古特　我有个德国姓氏。我不想跟那些觉得德累斯顿活该被炸的人争论。我在书里说的不过是，德累斯顿，不管愿意与否，就是被炸平了。

采访者　那是欧洲史上最大规模的屠杀吗？

冯内古特　就大量被杀害的人口数来说算速度最快的——十三万五千人在几个小时内死亡。当然慢一点的杀人方式也是有的。

采访者　死亡集中营。

冯内古特　是的——里面最后一共死了几百万人。很多人把德

---

[1] 马塞尔·奥菲尔斯（Marcel Ophuls，1927-　），德国导演及作家。

累斯顿大屠杀看作对死亡集中营屠杀的一种正义且规模过小的报复。也许如此吧。刚才说过，我从来不争论这个问题。的确我在书中捎带提过，说在这毫无防备的城市里，所有人都被处以死刑——婴儿、老人、动物园里的动物，还有数以千计的纳粹狂热分子。当然，这些人中，还有我最好的朋友伯纳德·奥黑尔和我。不管怎样，我们都应该算进死亡人数。死伤越多，报复就越到位。

采访者　听说富兰克林图书馆出版社将要出版《五号屠场》的精装版。

冯内古特　是的。需要我给精装版写一篇新的导言。

采访者　你有新的想法要加进去吗？

冯内古特　我说整个星球只有一人从这次空袭中获益，而这必然耗费上千万美元的空袭，却丝毫没有缩短战争半秒钟，没有削弱德军的防御或有效攻击其他任何部分，没有从死亡集中营里解救出一个人。只有一人获益——而不是两个、五个或者十个，只有一人。

采访者　那个人是谁？

冯内古特　我。我从每个死人身上赚到三美元。想象一下。

采访者　你与同辈之间的关系有多密切？

冯内古特　　　我的作家兄弟姐妹们吗？很亲切，当然了。我跟他们有些人比较难说上话，因为我们所做的不像是同一类事。我对此懵懂过一段时间，不过后来索尔·斯坦伯格[1]——

采访者　　　那位漫画家吗？

冯内古特　　　没错。他说几乎所有的艺术领域里，总有一类人对艺术史、过往的创作成败和艺术实验有着强烈的感触，而其他人则不然。我属于第二种人，没得选。我无法与文学祖先们玩耍，因为我从未系统地研究过这些人。我的教育背景是康奈尔大学化学系，接着是芝加哥大学人类学。天呐——我疯狂爱上布莱克[2]的时候已经三十岁，读《包法利夫人》时已经四十岁，四十五岁才听说塞利纳[3]。我因为偶然的运气，在最恰当的时候读了《天使望故乡》。

采访者　　　什么时候？

冯内古特　　　十八岁。

---

[1] 索尔·斯坦伯格（Saul Steinberg, 1914-1999），美国漫画家，以其为《纽约客》杂志所作的封面插画而闻名。

[2] 威廉·布莱克（William Blake, 1757-1827），英国浪漫主义诗人、版画家。

[3] 路易-费迪南·塞利纳（Louis-Ferdinand Céline, 1894-1961），法国小说家，以粗野幽默的风格抨击战争及殖民主义。

采访者　　所以你一直是个爱书人?

冯内古特　是的,我是在堆满书的房子里长大的。但我从来不需要为了学分看书,不需要写一本书的论文,不需要在研讨会上证明自己对某本书的理解。我的文学履历为零。

采访者　　家里对你写作影响最大的人是谁?

冯内古特　我想是我母亲。伊迪丝·利伯·冯内古特。我们在大萧条[1]的时候几乎赔光家产,我母亲想为通俗杂志撰稿,重新赚上一笔。她参加了晚间的短篇写作班,像赌徒研究赛马表一样研究杂志。

采访者　　她曾经很有钱?

冯内古特　我父亲是个卑微的建筑师,他娶了城里最富有的女孩之一。我母亲从事啤酒酿造业,一开始是利伯拉格啤酒,之后是金牌啤酒。因为利伯拉格啤酒在某个巴黎的展会上得了奖,之后便更名为金牌啤酒。

采访者　　那肯定是种很好的酒。

冯内古特　那距离我出生还很久。我从来没尝过。我知道这种酒有秘密配方。我外公和他的酿酒师放配方的时候从来不让别人看到。

---

[1] 大萧条,指的是美国20世纪20年代至30年代的经济危机时期。

采访者	你知道是什么配方吗？
冯内古特	咖啡。

采访者	你母亲学写短篇故事——
冯内古特	而我父亲在顶楼设了一间画室，在里面画画。大萧条时代建筑师没有什么活干——大家都没什么活干。母亲想的没错，即使是平庸的杂志作家，赚钱也易如反掌。

采访者	这么说你母亲对写作采取了一种非常现实的态度。
冯内古特	可以说不愚蠢。顺带一说，她是位极具智慧和修养的女性。她与我就读的是同一所高中，是少有的几位全优学生之一。她高中毕业后进了东部的一所淑女学堂，继而周游欧洲，讲一口流利的德语和法语。我这还保留着她的高中成绩单。"A+，A+，A+……"她真的成了一位好作家，但是她不够庸俗，无法满足通俗杂志的要求。有幸的是，我满腹俗谈，长大后便得以实现她的梦想。为《科利尔杂志》《星期六晚报》《大都市》和《妇女家庭杂志》撰稿对我来说不费吹灰之力。惟愿她能活着见到这一切。惟愿她能活着见到她的孙子孙女。她有十个呢。她连第一个都没见过。我还实现了她另一个梦想：我在科德角住了很多年。她一直想在科德角生活。儿子们努力完成母亲未了的心愿，这种现象或

许颇为寻常。姐姐去世后我收养了她的儿子,看着他们奋力实现她的梦想,的确有点玄妙。

采访者 你姐姐的梦想是什么?

冯内古特 她渴望和《来自瑞士的罗宾逊一家》里的家人一样,愉快地同一群善良的动物们生活在一起,与世隔绝。她的大儿子,吉姆,在牙买加的一座山顶上养山羊,已经当了八年农民。没有电话,没有电。

采访者 你和你母亲的母校,印第安纳波利斯的那所高中——

冯内古特 还有我父亲的母校。肖特里奇高中。

采访者 记得那所高中有份日报。

冯内古特 对。《肖特里奇回声日报》。校园里就有间打印店。学生自己撰稿,自己排版印刷。都是放学后来做的。

采访者 你刚刚笑了。

冯内古特 我想起了一件高中的蠢事。这和写作没有一丁点关系。

采访者 虽说如此,你愿意跟我们分享一下吗?

冯内古特 喔,我只是想起了高中市政课上发生的一件事。老师让我们一个个起立说放学后都做些什么。我那时在教室后面，坐在一个名叫J·T·阿尔伯格的家伙旁边。他后来在洛杉矶做保险生意，最近刚刚去世。话说回来——他一直推我、催我、激我，让我说放学后真去做什么，还给了我五美元讲实话。他想让我站起来说的是："我做模型飞机，然后打飞机。"

采访者 明白了。

冯内古特 我也去参与出版《肖特里奇回声日报》了。

采访者 好玩吗？

冯内古特 有趣又轻松。写作对我来说一向很简单。另外，我学会了面向同龄人而非老师的写作。大多数刚起步的作家并不为同辈写东西，不被同辈人痛扁。

采访者 所以每天下午你去《回声日报》办公室——

冯内古特 对。有一回写稿的时候，我无意地闻了下腋窝。有几个人看见了，觉得很好笑——之后我就有了"吸纳夫"这个名号。1940届的毕业纪念册里，我被标为"小库尔特·吸纳菲尔德·冯内古特"。从技术上说，我不算一个真正的吸纳夫。吸纳夫是指那些到处去闻女孩自行车座的人。我没做过那种事。"蠢蛋"也有特定的含义，很少有人知道。因为用法随意，现在蠢蛋成了一种意思含糊的脏话。

采访者　蠢蛋的原义确切是指什么?
冯内古特　把一副假牙塞进两瓣屁股中间的人。

采访者　我明白了。
冯内古特　不好意思,塞进他的或她的屁股。我老这么冒犯女权主义者。

采访者　不太明白为什么要用假牙。
冯内古特　为了把出租车后座上的纽扣咬下来。那是蠢蛋这么做的唯一原因。这让他们很兴奋。

采访者　从肖特里奇高中毕业后,你去了康奈尔大学?
冯内古特　我可以想象。

采访者　你想象?
冯内古特　我有个酒鬼朋友。要是有人问他是不是前一晚喝醉了,他总会漫不经心地回答,"哦,我可以想象。"我一直很喜欢这个回答。这承认了生活如梦。康奈尔是个醉醺醺的梦,一则因为酒精本身,二则因为我只修了自己没天赋的科目。我的父亲和哥哥一致认为我应该学化学,因为我哥哥在麻省理工大学化学学得很好。他比我大八岁。也更幽默。他最为闻名的是发现了碘化银引发降水的可能性。

采访者 你的姐姐也很幽默吗?

冯内古特 是的。不过她的幽默略带残忍,倒和她性格里的其他特质有些格格不入。她看见有人摔倒就觉得好笑无比。有一次她看见有位女士从电车里横空出世,这让她笑了好几个星期。

采访者 横空出世?

冯内古特 是的。这位女士肯定是被鞋跟绊住了。是这样的,电车门打开,我姐姐正好在站台边上站着,就目睹这位女士横着出来了——像块板一样直,脸朝下,离地半米多高。

采访者 滑稽剧吗?

冯内古特 一点没错。我们狂爱劳莱与哈代[1]。电影里最逗的镜头之一你知道是什么吗?

采访者 不知道。

冯内古特 让人从看起来很浅,实际却有近两米深的水洼上走过去。我记得有部电影,夜晚中,加里·格兰特[2]在草坪上绕来绕去。他来到一排矮围栏旁,优雅地越了过去,只不过另一边有六米的落差。不过,我和

---

1 劳莱与哈代,美国经典好莱坞电影中的喜剧双人组。
2 加里·格兰特(Cary Grant,1904-1986),美国经典好莱坞电影男星。

姐姐最喜欢的电影桥段，是有个人将大伙谩骂完毕，华丽地退场，接着大步走进衣柜。他只好调头回来，当然，挂了一身纠缠不清的衣架和围巾。

采访者　你在康奈尔大学取得了化学学士学位吗？

冯内古特　我一直门门挂科，挂到大三。这就是为什么大三读了一半，我非常愉快地参了军，加入二战。战后我进入芝加哥大学，抱着轻松的心情学习了人类学，这门学科差不多都是诗，几乎不掺杂数学。我那时候已经结婚，后来很快有了孩子，也就是马克。当然他后来就精神失常了，还据此写了本很棒的书《伊甸园号快车》。他刚刚有了孩子，我的第一个孙子，叫扎卡里。马克马上读完哈佛医学院的二年级，将成为班里唯一名毕业时不用还贷的学生——多亏那本书。可以说他的精神崩溃恢复得挺好。

采访者　人类学的研究后来为你的写作增添色彩了吗？

冯内古特　它让我更加确认自己是无神论者，虽说我的父辈本来也这样。宗教在那儿是展览和研究的对象，正如我总用来打比方的鲁布·戈德堡机械[1]。认为一种文化高于另一种文化是不允许的。我们如果谈种族的

1　鲁布·戈德堡机械是一种被设计得过度复杂的机械组合，以迂回曲折的方法去完成一些其实非常简单的工作。

次数多了就会挨批。真是高度理想化。

采访者　几乎像一门宗教？

冯内古特　完全没错。是我唯一的宗教。到目前为止。

采访者　你的毕业论文写了什么？

冯内古特　《猫的摇篮》。

采访者　但那是你离开芝加哥后很多年才写的书，不是吗？

冯内古特　我离开芝加哥的时候一篇毕业论文也没写——也没拿到学位。我所有的论文想法都被否掉了，加上面临破产，我便找了份工作，去斯克内克塔迪的通用电气公司当公关人员。二十年后，我收到了芝加哥大学新任校长的一封信，他刚翻阅过我的档案。他说，按照学校规定，一部高质量的作品可作为毕业论文提交，于是我得到了硕士学位。他将《猫的摇篮》拿给人类学系，系里认为这部作品一半算得上正经的人类学，就给我寄来了学位证。我好像归在了1972届。

采访者　祝贺你。

冯内古特　不算什么，真的。小菜一碟。

采访者　《猫的摇篮》里的某些形象取自通用电气公司的熟

人，是这样吗？

冯内古特　费利克斯·霍尼克博士，心神游离的科学家，就是欧文·朗缪尔博士的夸张版，他是通用电气公司研究室的明星。我对他有点了解。我哥哥曾经与他合作过。朗缪尔的脑回路非常棒。有回他大声问自己，海龟收脖子的时候脊椎是打弯还是缩起来。我把这个写进书里了。有回他在家吃完妻子递来的早餐，还在盘子底下塞了小费。这个我也写了。不过他最大的贡献，是给了我灵感写"冰-9"，一种能在室温下保持稳定的固态水。这个想法不是他直接告诉我的，是来自实验室的一个传闻，跟赫伯特·乔治·威尔斯[1]来斯克内克塔迪有关。那比我的年代要早很久了。那时候我只是个小男孩——听着广播，搭着模型飞机。

采访者　是吧？

冯内古特　不管怎样——威尔斯来到斯克内克塔迪，朗缪尔被叫去主持接待。朗缪尔想给威尔斯解闷，便出了个科幻小说的点子——一种能在室温下稳定存在的冰。威尔斯并不感兴趣，至少没采用那个点子。之后威尔斯去世了，朗缪尔最后也去世了。我想："谁

1　赫伯特·乔治·威尔斯（H. G. Wells, 1866-1946），英国著名小说家，以科幻小说闻名。

捡到就是谁的,这主意归我了。"朗缪尔就这样顺便成了第一位获诺贝尔奖的私人机构科学家。

采访者　你对贝娄[1]获得诺贝尔文学奖有什么看法?
冯内古特　这是让我们整个文学界获得荣誉的最好方式。

采访者　你与他交谈轻松吗?
冯内古特　是的。我大概见过他三次。我在爱荷华大学教书时,有一回负责接应他的讲学。一切十分顺利。我们说起来有个共同点——

采访者　什么共同点?
冯内古特　我们都是芝加哥大学人类学系出品。据我所知,他一次也没做过人类学勘查,我也一样。不过,我们都发明了前工业文明的人类——我在《猫的摇篮》里,他在《雨王亨德森》里。

采访者　所以说他是你的科学家同行。
冯内古特　我根本不算科学家。不过很高兴父亲和哥哥曾经激励我成为这样的人。我即便没能力参与,也体会了科学家们推理和逗趣的门道。我乐意同科学家打交道,一旦他们聊起正在钻研的东西,我立即兴奋异

---

[1] 索尔·贝娄(Saul Bellow, 1915-2005),美国作家,1976年诺贝尔文学奖获得者。

常、有滋有味地听着。比起文学人士，我与科学家共度的时光要多太多，他们大多是我哥的朋友。水管工、木匠和汽车技工，也与我相处甚欢。过去这十年里，我才刚开始认识文学人士，最初是从爱荷华大学教书那两年开始。在那儿我突然间成为纳尔逊·艾格林、何塞·多诺索、万斯·布杰利、唐纳德·贾斯蒂斯、乔治·斯塔巴克和马丁·贝尔[1]等人的朋友。我惊呆了。如今，从我最新出的书《闹剧，或者不再寂寞》所得到的反响看来，大家是想要把我轰出文学编制——让我滚回老家。

采访者 有不好的评论吗？

冯内古特 负面评论只存在于《纽约时报》《时代周刊》《新闻周刊》《纽约书评》《村声》和《滚石》。在梅迪辛哈特人们还是爱我的。

采访者 你觉得为何会有这些恶评？

冯内古特 《闹剧，或者不再寂寞》可能就是本很糟糕的书。我完全乐意这么想。别人都写烂书，我为什么不写写？这些评论特别就特别在，他们想让大家现在承认，我从来都一无是处。《时代周刊》周日版的书评人确实这样做了，他们要求那些过去夸我的评论家现在当众宣称自己曾是多么错误。我的出版人山

---

[1] 冯内古特以上列举的皆是同时代文坛著名作家、编剧或诗人。

姆·劳伦斯苦心安慰我，说功成名就的作家都难免受人抨击。

采访者　你那时还需要人安慰？

冯内古特　我从没觉得这么惨过。仿佛自己又回到德国，在货车车厢里站着睡觉。

采访者　那么惨吗？

冯内古特　没有。不过也够惨的。突然之间，评论家想把我像虫子一样踩扁。这也并不是我暴富造成的。他们的潜台词是，我太粗俗，没系统学习伟大文学就来写作；我没教养，因为我欢乐地给通俗杂志当写手。总之，我没做出该有的学术付出。

采访者　你没努力过吗？

冯内古特　我是努力过的——但这属于一个没有受过良好教育的人混在俗人和粗俗行业里的努力。扭曲艺术来赚钱已经够丢人了，我又罪加一等，因为本人名利双收。看吧，真他妈糟透了，我和大伙都遭殃。我的作品全出版了，大家不得不跟我和我的书在一起。

采访者　你想反击吗？

冯内古特　有那么点。我现在是纽约州艺术委员会的成员，过段时间就有委员谈到给大学英语系发信，为他们提供文学创作的机会，而我说："发去化学系、动物学系、人类学系吧，发去天文系、物理系吧，发去所有医学院和法学院吧。那些地方最有可能诞生作家。"

采访者　　你这么想吗？

冯内古特　　我认为，假若一位文学创作者，头脑里能有些文学史之外的东西，会是多么清新畅快的事情。怎么说，文学都不能咬住自己的尾巴。

采访者　　我们来聊聊你书中的女性吧。

冯内古特　　一位女性也没有。没有真正的女人，没有爱情。

采访者　　有必要解释一下吗？

冯内古特　　这是一个机械问题。故事叙述很大程度上是机械的，是怎么开展一个故事的技术活。比如，牛仔故事和警匪故事以枪战收尾，因为枪战是结束这类故事最可信的机制。总是倍显呆板的"剧终"两字所表达的意思，只有死亡才能做到。我尽量不在故事里加入深情戏份，因为一旦出现这类内容，再谈其他事情几乎不可能了。读者们别的什么也不想知道。他们为爱癫狂。如果一位有情人赢得真爱，那么故事到此结束，就算第三次世界大战马上就开始，天空漆黑，飞碟冲出来都没有用。

采访者　　所以你把爱情排除在外。

冯内古特　　我想聊点别的东西。拉尔夫·艾里森在《看不见的人》里也是这样。如果在那部出色的小说里，主人公找到了一个值得去爱的人，一个疯狂爱他的人，那么这故事就完了。塞利纳在《长夜行》里也是如此，他排除了真爱和终极爱情的可能——于是故事才能一直一直一直继续下去。

采访者　　没有很多作家会讨论故事的发生机制。

冯内古特　　我就是这么粗野的科技主义者，我觉得讲故事和修理福特 T 型车一样。

采访者　　为达到什么目的？

冯内古特　　取悦读者。

采访者　　你觉得自己之后会不会写爱情故事呢？

冯内古特　　也许吧。我的生活有爱情。我真的有。即使我过着充满爱意的生活，一切顺风顺水，有时候也不禁这样想："天啊，我们能不能谈点别的，就一小会儿？"有件事真的很逗，你知道吗？

采访者　　不知道。

冯内古特　　全国的学校图书馆都在往外扔我的书,因为被视作淫秽读物。我见过给小镇报纸的信里将《五号屠场》同《深喉》和《皮条客》杂志归为一类。请问哪位能对着《五号屠场》打飞机?

采访者　　可什么人都有。

冯内古特　　这种人不存在。审查者是看不惯我的宗教立场。他们发现我不尊重他们全能上帝的理念。而且对他们来说,捍卫上帝的名誉是政府的正当职能。我只能说:"祝他们好运,祝他们政府好运,再祝上帝好运。"你知道亨利·路易斯·门肯[1]有回怎么讲宗教信徒吗?他觉得被大家严重误会了。他并不恨这些信徒,只是发觉他们很逗罢了。

采访者　　我刚才问过对你写作影响最大的家人,你说是母亲。我以为会说你的姐姐,因为你在《闹剧,或者不再寂寞》里讲到那么多跟她有关的事情。

冯内古特　　我在《闹剧,或者不再寂寞》里说到,这本书是写给我姐姐的——每一位成功的创作者创作时,脑海里都有一位听众。这就是艺术完整性的奥秘。如果创作时只面向一个人,任何人都可以达到完整性。

---

[1] 亨利·路易斯·门肯(H. L. Mencken,1880–1956),美国作家和编辑,犀利地抨击愚蠢及伪善现象。

我一直没意识到这本书是面向她写的,直到她去世后才发觉。

采访者　她热衷文学吗?

冯内古特　她的文采一流。她看书不多,不过话说回来,亨利·戴维·梭罗[1]晚年不也如此吗。我父亲也一样,他读书不多,但下笔有神。父亲和姐姐的来信文笔太优美了!每次我写的文章和他们一比,就羞愧难当。

采访者　你的姐姐也曾试过以写作为生吗?

冯内古特　没有。另外,她原本还能成为出色的雕塑家。我有次忍不住吼她,说她没把自己的天赋发挥尽致。她回答说,拥有天赋不代表一定要利用它做什么。这对我来说可是震撼性新闻,我以为大家必须得抓紧天赋奔跑起来,跑得最远最快才好。

采访者　你现在怎么看呢?

冯内古特　这个嘛,我姐姐说的似乎是一种女性特有的智慧。我有两个和她一样才华出众的女儿,若是要她们告别沉着和幽默,为自己的天赋最大限度地拼命,那她们肯定要闹翻。我向着最远处全速奔跑的这种样

---

[1] 亨利·戴维·梭罗(Henry David Thoreau, 1817-1862),美国作家、哲学家,自然主义、超验主义代表人物。

子，在她们看来绝对是场发疯表演。而且这个比喻不能更糟了，因为她们看到的真实景象，是一个人那么端坐了好几十年。

采访者　以打字员的身份。
冯内古特　对，还玩命地吸着烟。

采访者　你戒过烟吗？
冯内古特　两次。一次是冷火鸡疗法[1]，结果现身了圣诞老人。我变得肥胖臃肿，体重接近两百二十斤。戒了快一整年的时候，夏威夷大学请我去瓦胡岛讲学。那天的夜晚，我在伊犁凯的屋顶平台，喝着新鲜椰子里的椰汁，彼时彼刻，这一连串美好时光要画上个圆满的句号，只需要吸一支香烟。我于是这么做了。

采访者　第二次戒烟呢？
冯内古特　是最近的事——去年。我付给香烟终结者公司一百五十美元戒烟费，疗程是六个星期。和他们承诺的完全一样——戒烟操作简单而且指导有方。我获得了毕业证书和荣誉胸针。我特别开心，特别自豪，不过周围的人都发现我变得狂躁专横。还有，

---

[1] 冷火鸡疗法是硬性戒断的一种戒毒和戒烟方法，任其戒断症状自然发展，戒断症状出现时，汗毛竖起，浑身鸡皮疙瘩，如火鸡皮，由此得名。

我停笔了，连信也不写了。这回吃亏的显然是我。于是我又开始吸烟。全国制造商协会说得好，"天下没有免费的午餐"。

采访者　你认为创意性写作可以教吗？

冯内古特　可以教，跟教高尔夫球一样。一个行家可以从你挥杆的动作里看出明显的缺点。这种工作我感觉自己在爱荷华大学的那两年里做得不错。盖尔·戈德温、约翰·欧文、乔纳森·潘内尔、布鲁斯·多布勒、约翰·凯西和简·凯茜[1]都是我在那儿的学生。之后他们都出版了精彩的作品。哈佛大学的写作课我教得不好，因为那时我的婚姻面临破裂，而且每周都要从纽约跑到剑桥上班。几年前在纽约市立学院我教得更差。那段时间要同时进行太多其他的项目。我现在再也没有意愿教学了，只懂理论。

采访者　能用几句话概括一下你的理论吗？

冯内古特　这句话是保罗·恩格尔说的，他是爱荷华大学作家工作室的创始人。他对我说，如果工作室将来有自己的楼，门楣上应该刻这句话："别总那么认真。"

---

[1] 冯内古特以上列举的皆是当代有名美国作家。

采访者　这句话有用吗?

冯内古特　这能提醒学生,他们正在学的是怎么搞恶作剧。

采访者　恶作剧?

冯内古特　如果你一页页白纸上印的小黑字能让人哭或者笑,那不正是恶作剧吗?所有的好故事,都是让人们一次又一次掉进圈套的恶作剧。

采访者　你能举个例子吗?

冯内古特　比如哥特小说。每年出版的哥特小说就有几十本,全都卖得不错。我朋友博登·迪尔[1]最近因为好玩写了本哥特小说,我问他故事情节,他说:"年轻女子去一间旧屋工作,被吓得屁滚尿流。"

采访者　还有别的例子吗?

冯内古特　其他的讲起来略显无聊:有人遇到了麻烦,然后解决麻烦;有人丢了东西,找了回来;有人被冤枉,然后成功复仇;灰姑娘变成公主;有人情况很糟,然后越来越糟;有人相爱,一群人阻挠;一个高尚的人被冤枉有罪;一个有罪的人被视为高尚;一个人勇敢面对挑战,成功了,或者失败了;有人撒谎,有人偷盗,有人杀人,有人通奸。

---

[1] 博登·迪尔(Borden Deal,1922-1985),美国编剧。

采访者　　　恕我直言，这都是很老套的情节。

冯内古特　　我向你保证，没有一种现代性的故事架构，甚至毫无情节的作品，会让读者真正满意，除非在里面偷偷藏一个老套的情节。我并不吹嘘这些老套情节能精确反映生活，但它们能让读者一直读下去。过去教创意写作的时候，我告诉学生，必须赋予他们的角色急迫的需求——哪怕是想喝杯水。就算麻痹在现代生活的无意义中，他们不时还是会口渴的。我有个学生写了篇修女被牙线卡住的故事，牙线卡进了她左下边臼齿的缝里，一整天拿不出来。我觉得棒极了。故事里有比牙线更重要的情节，但正是因为急着想知道牙线什么时候能取出来，读者才接着往下看。读起这则故事，大家都忍不住用手指在嘴边摸索。绝妙的恶作剧就是这么得逞的。如果去掉了剧情，去掉了人对事物的需求，你就疏远了读者，这是很不厚道的做法。要疏远读者，你还可以不立即告诉读者故事发生的地点，人物的身份——

采访者　　　还有他们的需求。

冯内古特　　没错。为了让读者睡着，你还可以永远不安排人物的相遇。有学生喜欢这样解释，他们不设置角色冲突，因为现代生活中的人避免冲突。"现代生活如此孤独。"他们说。这就是懒。安排冲突是作者的职责，这样故事人物才会讲出让人惊异和醒悟的台词，才会让人有所收获，有所消遣。如果一个作家做不到或是不想这么做，那他就该退出这一行当。

采访者 行当？

冯内古特 行当。就像木匠建屋子，讲故事的人如此这般地安排读者的闲暇，使他们感到没有虚度光阴。和技工修理汽车是一个道理。

采访者 必须要有天赋吗？

冯内古特 所有领域都要天赋。在科德角，我曾做过一阵子萨博车销售员，后来进了他们的机械工程学校，被赶了出来。没天赋。

采访者 讲故事的天赋很难得吗？

冯内古特 二十人左右的写作系里，才华出众的大概有六人。这六人里会出两个，不久之后真能出版作品。

采访者 是什么让这两人与众不同呢？

冯内古特 他们脑袋里除了文学还有其他的东西。说不准他们也是皮条客呢。我的意思是，他们不会被动地等别人发现，而是主动要求人们去阅读。

采访者 你曾经担任过公关人员和营销员——

冯内古特 喔，我可以想象。

采访者　感觉痛苦吗？我是说——你觉得自己的天赋被浪费和摧残了吗？

冯内古特　不。认为那种工作会伤害作家的灵魂，纯属无稽之谈。在爱荷华大学，迪克·耶茨和我曾每学年开设一次讲座，谈作家和自由企业制度。学生们老大不开心。我们会介绍作家可以做的各种杂工，他们万一落魄不至于饿死，也可以赚些外快为写书积累资金。因为出版商不再投资小说处女作，杂志完了，电视也不买年轻的自由职业作家的作品，而基金会只给我这样的糟老头拨款，年轻的写作人只得去做无耻的通俗写手，以此维持生计。不然，当代文学很快就会消失。通俗写作对作家唯一的实际伤害，就是浪费了他们宝贵的时间。

采访者　不开玩笑。

冯内古特　就是一出悲剧。我只能不断给年轻作家出主意，甚至吓人的主意，好让他们的生活能维持下去。

采访者　年轻作家应该拿补贴吗？

冯内古特　必须得采取措施，因为自由企业已经不可能让他们维持生计了。想当年我可是大赚的商人，纯粹因为那时候商机多。我在通用电气工作时，写了一则短篇，《谷仓效应报告》，这是我写的第一篇小说。我投稿给了《科利尔杂志》。诺克斯·伯格是那儿的小说编辑。诺克斯向我指出故事的问题，告诉我该怎么改。我按他的要求改了之后，他用七百五十美元买下了那篇故事，是通用电气公司六个星期的薪水。我又写了一篇，他付给我九百五十美元，然后建议我，是时候从通用电气公司辞职了。我便接受建议，搬到了普罗温斯敦。最后，我的故事涨到了两千九百美元一篇。想想看有多夸张。诺克斯给我找了几个和他一样精于讲故事的代理——肯尼思·利陶尔，他在《科利尔杂志》的前辈，还有马克斯·威尔金森，米高梅电影公司前剧本编辑。这里要讲一下，诺克斯·伯格，这位与我年龄相当的编辑，在他那个年代，是发掘和鼓励优秀青年作家最多的人。这应该还没有书面记录，是只有作家知道的事，而且如果不写下来，很容易遗失掉。

采访者　诺克斯·伯格现在在哪儿？

冯内古特　他在做文学代理。实际上他正在代理我的儿子马克。

采访者　那利陶尔和威尔金森呢？

冯内古特　利陶尔大约十年前去世了。顺便说一下，他二十三岁任拉法耶特中队[1]的上校，是低空轰炸战壕的第一

1　拉法耶特中队，第一次世界大战期间美国援助法国的志愿军队，主要由空军志愿军战士组成。

个人。他是我的精神导师。马克斯·威尔金森退休去了佛罗里达州。他总觉得做代理是件让人难堪的事。如果有陌生人问他之前做什么工作，他会说自己是种棉花的。

采访者　　你现在有新的导师了吗？

冯内古特　　没有。我太老了，不好找前辈了。我现在不论写什么，比我年轻的出版人都直接交去排版，没有异议。编辑也没有异议，谁都没有异议。我写作的时候也不再有姐姐这个倾诉对象。突然之间，生活中一下子有了这么多未完成的任务。

采访者　　感觉像不像走钢丝，而底下没有防护网？

冯内古特　　手里也没有平衡杆。我有时候还挺慌的。

采访者　　你还有什么需要补充的吗？

冯内古特　　你知道有种学校和剧院大门用的逃生锁吗？如果有人撞击大门，门会飞速弹开。

采访者　　知道。

冯内古特　　大部分逃生装置都是冯杜柏林牌的。"冯"就是冯内古特。很久以前的那场芝加哥易洛魁剧院大火，我一位亲戚就被困在剧场里，后来他跟别人合作发明了逃生锁。"柏林"就是普林斯勒。我忘了"杜"是谁了。

采访者　好的。

冯内古特　我还想说，幽默大师往往是家里最小的孩子。记得在晚餐桌上，我是最小的那个，为引起大家注意，我的唯一办法就是搞笑。我得去专攻。我曾经聚精会神地听搞笑电台，就为了学怎么讲笑话。到现在我长大了，写的书全是笑话集锦。

采访者　你最喜欢的笑话是什么？

冯内古特　过去我常跟姐姐争论哪个是世界上最好笑的笑话。当然了，是仅次于飞身冲进衣柜的那个。我俩要是正巧凑到一起，几乎就可以跟劳莱与哈代这种爆笑组合媲美。《闹剧，或者不再寂寞》大致就是这么一回事。

采访者　最后你们选出世界笑话冠军了吗？

冯内古特　最后选了两个。但是我们这样一点也没有准备，两个都不太好讲。

采访者　试一下吧。

冯内古特　唉，你不会笑。没人笑过。其一是老笑话"两只乌鸦"。"两只乌鸦"是两个涂黑脸的白人，名字叫莫兰和麦克。他们扮成俩黑人懒悠悠地对话，录成唱片。话说,这其中一位开口了:"昨晚我梦见吃了一块绒布蛋糕。"另一位说:"是吗?"前面那位接着讲:"我醒来一看,毯子没了。"

采访者　嗯。

冯内古特　我都说了你笑不出来。另一个冠军笑话需要你配合。我问一个问题,你必须回答"不"。

采访者　好的。

冯内古特　你知道为什么奶油比牛奶贵很多吗?

采访者　不知道。

冯内古特　因为奶牛不爱蹲在那些小瓶上。看,你又没笑。但是我以名誉向你担保,这些可是上乘笑话。精工细作。

采访者　比起卓别林,你似乎更偏爱劳莱与哈代。是这样吗?

冯内古特　我疯狂崇拜卓别林,不过他与观众太有距离感,才华太突出。他是一位在自己的领域像毕加索一样杰出的天才,让我心生畏惧。

采访者　你还会写短篇故事吗?

冯内古特　也许吧。八年前我自以为写下了最后一则短篇,当时为了应邀加入哈兰·埃里森编辑的文集。故事名叫《太空大操》。我猜我是第一个用这个字做题目的作家。写的是在仙女座为一艘弹头装满精液的宇宙飞船点火的故事。由此我想起了印第安纳波利斯的一位好友，也是我在印第安纳波利斯唯一剩下的朋友威廉·费利。我们一起在二战打仗，那时大家都必须献血，他问可不可以献一品脱的精液代替。

采访者　如果父母没有赔光家产，你现在会做什么？

冯内古特　我会成为印第安纳波利斯的一位建筑师，和我的父亲和祖父一样，而且也会非常快乐。我仍怀有这种人生憧憬。不管怎样，有件事值得一提，当今最优秀的青年建筑师之一住的房子，是父亲1922年为我家建造的，那年我正好出生。我的姐姐、哥哥和我的姓名首字母，都写在了正门三扇小窗的含铅玻璃上。

采访者　所以你怀念这些旧日时光。

冯内古特　是的。每次去印第安纳波利斯，我脑里都反复回响着同一个问题："我的床在哪？我的床在哪？"要是我父亲和祖父的魂在这城市里，也一定会问他们设计的房子都去哪儿了。他们的大多数作品都聚集在市中心，而那里现在已改成了停车场。他们肯定也搞不懂那么多亲戚都去哪儿了。他们在谱系庞大的家族里长大,而这个家族如今已经热闹不再。我还稍微体验过大家族的福利。去芝加哥大学的时候,我听说人类学系主任,也就是民俗社会学的讲师罗伯特·雷德菲尔德,是我一位实在的远房亲戚,这有多妙就用不着他告诉我了。

采访者　还需要补充些什么吗?

冯内古特　对了,我刚发现了作家的祷词。我听说过为水手、国王和军人等所写的祷词,但是作家的祷词从没听过。我能说一下吗?

采访者　当然了。

冯内古特　这段祷词的作者是塞缪尔·约翰逊[1],写于1753年4月3日,这是他为编撰的第一部英语词典签合同的日子。这天他为自己祈祷。也许应该定四月三日为"作家日"。祷词是这样的:"噢上帝,一路支撑我的上帝,请赐予我能力进行这项劳动,执行我这一生的整个任务。当我结束工作,献出智慧恩赐的成果,那最后一日,请以基督耶稣之名宽恕我。阿门。"

---

[1] 塞缪尔·约翰逊(Samuel Johnson,1709-1784),英国作家、文学评论家、诗人,编纂的《英语词典》(*A Dictionary of the English Language*)对英语发展作出了重大贡献。

采访者　听起来像一个发挥才能，跑得最快最远的愿望。

冯内古特　是的。他可是著名的写手。

采访者　你自己也算写手吗？

冯内古特　某些方面吧。

采访者　哪些方面？

冯内古特　大萧条时代的孩子。到现在可能得讲讲这次采访是怎么做出来的了，不过直言恐怕会扫兴。

采访者　有什么你尽管说吧。

冯内古特　《巴黎评论》对我进行了四次不同的采访。这四次采访被拼接成一份，让我过目。他们处理得差强人意，于是我请了另一位采访者，把所有采访整合为一。这位采访者就是我。于是在无限融洽的气氛中，我采访了我自己。

采访者　我明白了。再问你最后一个问题。如果你是美国出版委员，你会如何改善当前的糟糕局面？

冯内古特　我们并不缺少优秀的作家。缺少的是值得依赖的读者群体。

采访者　所以？

冯内古特　我提议每位失业人士必须上交一份读书报告，凭报告领取补助支票。

采访者　　谢谢你。
冯内古特　谢谢你才是。

我觉得，存在于生活中心最恐怖、最吓人或是最悲剧的伪善，就是那个无人敢碰的真相——人类不爱生命。

"THERE MUST BE
MORE TO LOVE THAN DEATH"

"值得爱的
一定不止死亡"

采访者
罗伯特·穆西尔

《国家》(*The Nation*)
1980 年 8 月

穆西尔　　写出《五号屠场》这样的作品绝非易事。你为描述德累斯顿的经历做了多久的思想准备？

冯内古特　嗯，写德累斯顿这座城市和德累斯顿大轰炸似乎是我的首要任务，因为这是欧洲历史上最大的屠杀，而我，一位欧洲后裔，一位作家，就在屠杀现场。我必须作出表态。我耗了很长时间，很痛苦。最难的地方是我已然失忆了。这场轰炸灾难让我了解了一种现象，就是我的失忆和那些经历过雪崩、洪水和大火的人们一样，与他们聊过后我发现，人的大脑里有某种装置，在灾难超过一定水平后，会关掉我们的记忆。不知道这仅仅是我们神经系统的局限，还是实际上以某种方式保护我们的装置。虽说我当时在场，我真的完全不记得德累斯顿轰炸的情景，回想的办法尝试了不少，就差找一位催眠师来恢复这块信息了。我写信给很多一起经历过轰炸的人，请他们"帮我回想"，而每次得到的回复都是拒绝，简单坚定的拒绝。他们不愿去想这段经历。《生活》杂志有位作家，不清楚他多了解兔子和神经系统，但他说兔子是没有记忆的，这是它们防御机制的一种。如果它们记得单单一小时内的虎口脱险，生活也会变得无法忍受。它们一逃脱德国杜宾犬的追逐，就把一切忘得干干净净，这种回忆是它们几乎经受不起的。

穆西尔　　你给这些人写信，研究德累斯顿轰炸的时候，你自身经历的往事细节会不会重现？你说开始想这件事的时候很痛苦。

冯内古特　不管怎样，那座城市面积庞大，我在地面上被烟雾和火焰包围，勉强才能看到两米半的距离，只能研究城区俯瞰图，那种飞机上的漂亮仪器拍出来的照片。所以后来是根据英国军事史学者的调查，才有了越来越多的信息，最终得到了伤亡估算。东德完全不回应我的咨询。他们对这个问题不感兴趣。回想起来，大概最奇怪的事情就是，我可能是唯一一个关心德累斯顿轰炸的人，因为我没见到为这座城市哀悼的德国人，也没有英国人。我曾经碰见几个参与轰炸的飞行员，他们挺怯懦，并不以此为傲。但我没见过任何一个人是抱有歉意的，包括被轰炸的人，虽然哀悼亲友是肯定的。我和一位朋友回到那儿的时候，没有一位德国人说"啊，这地方从前多么美，那些种了树的街道和公园多好看"。他们极其不屑。富兰克林图书馆出版社推出了《五号屠场》

的特别版，需要我为订阅者写一篇特别导言，然后我发现自己是德累斯顿轰炸的唯一受益者。那时我算了一下，自己大概能从每个死人身上赚到近四美元。

穆西尔　在这系列访谈中，我采访过目击大型轰炸的人。你不是轰炸者，但你亲身经历过轰炸。不知道德累斯顿的经历会不会引起你对广岛原子弹爆炸的特殊兴趣（这么说是有点冷血了）？或者是对像核武器这类话题的兴趣？在你看来，《猫的摇篮》里有没有相关的联系呢？

冯内古特　嗯，我认为这种兴趣是本来就有的。德累斯顿并不是一个重大启示，而是我人生中的一次巧合。其实不管怎样，我都会是个和平主义者。我接受的是理工科教育——我主修化学，而不是写作。那时我正在学化学，我们全家坚信技术统治论。在大萧条时代，我们确实认为科学家和工程师应该执政，科技乌托邦是有可能实现的。大我九岁的哥哥成了一位杰出的科学家。他就是伯纳德·冯内古特博士，麻省理工大学博士毕业，最闪耀的成就是发现了碘化银人工降水的原理，那是他的专利。他其实是当今领先的气候化学专家。

不过对我来说，科技很糟糕，在如此信赖科学，画了那么多梦想汽车、梦想飞机和梦想的人类居所之后，我却目睹这科技被用来摧毁整座城市，夺取十三万五千条生命，接着，更精密的技术制造出了轰炸日本的核武器。曾经被我寄予厚望的科技，此时却让我感到恶心。于是我开始恐惧它。你看，就像成了虔诚的基督徒后，目击了基督教战胜后的恐怖屠杀。那是一种精神上的惶恐，这种惶恐如今仍然纠缠着我……

穆西尔　你刚刚提到了宗教和哲学观。在《猫的摇篮》的结尾，博克侬讲起要编撰人类愚蠢的历史……

冯内古特　你知道吗，真有书名是这么起的，叫《人类愚蠢历史简论》，作者是华尔特·皮特金，书出版于20世纪30年代。我觉得，存在于生活中心最恐怖、最吓人或是最悲剧的伪善，就是那个无人敢碰的真相——人类不爱生命。碰到人类对死亡的渴望时，伯特兰·罗素回避了这个问题，很多心理分析家也是如此。但我认为在活着的人中，至少有一半，或许九成的人，真的不喜爱这场磨难。他们装出颇为爱惜生命的样子，对陌生人微笑，每天早上起床为生计奔波，不过是想找办法熬过去罢了。但是对大多数人来说，生活是一场可怕的磨难。他们会随时想要终结。我觉得这比贪欲和大男子主义等问题严重得多。你懂的，这种才真谈得上是生活的阴暗面。大多数人不想活着，他们尴尬不堪，他们失去尊严，他们担惊受怕。我认为这是当前最根本的现状。像你这样投身和平事业的人，面对的其实可能是几乎一样勇敢、一样坚决、一样足智多谋、一样深思熟虑的人。而他们真正想做的，就是像按电灯开关一样关掉人生。

穆西尔　　那么你认为自己是宿命论者吗？你的书中有一句话贯穿始终——"事情就是这个样子。"但这反复出现的主题句指的是什么？是否暗示着你默认了我们拥有核武器的未来？

冯内古特　不管从事什么活动，我不得不考虑身旁大多数人不在乎将要发生什么这一事实。大多数人胜任不了生命的守护者，我信不过他们，在这方面我很悲观，并不是很多人希望生活继续。其实我是生不逢时。你看，我就这样出生，就这样遇见这个星球，但生命在这里是非常不受欢迎的，也许在另一个星球上会有所不同吧。

穆西尔　　《猫的摇篮》中的叙事者似乎正在写一本关于广岛原子弹爆炸的书，他的书研究了爆炸那天所发生的事件，并试图发掘人们的所作所为，包括伟大的科学家费利克斯·霍尼克博士，你虚构的核弹之父。这本小说的源起是什么？你为何选择了这样一种叙事中心？

冯内古特　　我曾经是通用电气公司研究实验室的公共关系员，那是个尤其有趣的研究实验室。通用电气发现，将科学家从麻省理工学院或普林斯顿大学或其他什么院校雇佣过来，效率奇高，只需要对他们说："嘿，你不用再教课，可以整天做研究，而且我们不强制分配任何项目给你，我们只负责买仪器。"我的职责就是经常拜访这些科学家，跟他们聊天，问问正在做什么研究。不时就会聊出一些好故事。我渐渐同这群人熟络起来，年长的人开始给我出了不少难题；不是年轻人，而是这些老科学家，他们起初相信一切必须服从真理，而研究过程中不论发生什么都无须畏惧。那儿有位曾与我哥哥合作过的科学家，名叫欧文·朗缪尔，是诺贝尔奖得主，他或多或少启发了费利克斯·霍尼克的形象。朗缪尔从岩石上得到科学发现，丝毫不理会它将被用到何处，就随意递给了身边的人。他认为任何发现本身就足够美好，所以根本不在乎下一个是谁接手。

我觉得文学和戏剧典型引导了人们的生活，其程度远甚于我们的想象。而那个年代，纯粹而无所谓的科学家是经典的文学形象，还有不少笑话调侃神不守舍的教授，等等，而很多科学家乐此不疲地接受了这种什么都不在乎的人物设定，包括毫不关心自己科学发现的去向。那一代人完全不提防是什么信息被移交给了政府，移交给了战争部，移交给了军队的秘书，移交给了别的什么人。但是那一代有个人，诺伯特·维纳[1]，二战结束后不久他在《大西洋月刊》上发表了一篇文章，说"我再也不向政府透露任何信息了"。科学家们大概从此也开始变得谨慎。据我所知，我哥哥就是如此。他听说空军曾在越南全境喷洒碘化银，就为了让对方狼狈。这也太荒唐了。他说如果想震慑敌军，他们完全可以喷点什么辣椒粉。当听到他们期待自己的科研成果能有破坏性的用途时，他心里一阵反感。

穆西尔　如果战后诸多问题之一便是你所见的技术统治论的疯狂失控，你会通过文学作品或自我思考提出怎样的替代方案呢？你认为现实世界的费利克斯·霍尼克有没有克星或是化解之道？

冯内古特　嗯，我提倡克制方案。我认为德累斯顿的问题肯定在于克制，或是克制的缺乏。别把技术统治论者当成疯子，我觉得疯的是政客，这是他们的常态。不顾众人反对而下令轰炸德累斯顿的那个人，温斯顿·丘吉尔，应该负主要责任。这决定出自一人的头脑、一人的怒火、一人的骄傲，我实在不能为此

---

[1] 诺伯特·维纳（Norbert Weiner, 1894-1964），美国数学家、哲学家。

怪罪科学家们。

穆西尔　但是你的确说过，或至少《猫的摇篮》的叙述者说过，如果霍尼克是原子弹之父，他再也没有办法保持无辜。

冯内古特　其实，现在我对他的感想是，他获得了一种特许，允许他去全心投入生活的一个方面，而这种特权超出了人类应有的限度，过度专业化是造成他道德感空白的原因。如果一位音乐家完全沉浸在自己的世界里，感觉是完全没有问题的。但如果一位科学家也如此，便难免会成为一个具有极大破坏性的人物。

穆西尔　你怎么看核武器威胁这个话题？你认为这种威胁正在增长吗？你是否担忧？

冯内古特　嗯，是的，我确实担心。我还是担心人们对这件事漠不关心。《奇爱博士》这部电影可以有很多种解读，但是我告诉你，最令观众满意的就是世界的美好终结，然后一边播放那首煽情的歌。它本来具有反讽含义，但对观众席上的大多数人和大众的普遍认知水平来说，这就是美的。我不是说那些人头脑简单，我的意思是这个末日场景很惊艳、很可爱、很吸引人，不会让任何人退缩。不过，的确有部电影让人恐惧战争而连连退缩，那就是《战争游戏》。那部片子很特别，难以忍受的地方在于它展示了死亡的过程是可以多么缓慢，孩子们慢慢死去的样子惨不忍睹，诸如此类。这对人们来说是很糟糕的事情，不过电影和平而没有痛苦的结尾让人大为宽慰，超过了彼得·塞勒斯[1]的所有演艺佳作，精彩的基南·温[2]喜剧或是一枪击爆可口可乐贩卖机的硬币箱。恐怕那个美好的结局就是那部电影受人喜爱的原因。无心也好有意也罢，库布里克[3]拍了一部让人开开心心回家去的电影。我敢肯定每个看了那部电影的人之后都睡了一个安稳的好觉，夫复何求。

穆西尔　那么你的《五号屠场》呢？你觉得人们会对书里描写的灾难场景做何反应？

冯内古特　我实在无从知道，没和很多读者聊过，但我的确听年轻人说："我爸爸说战争完全不是那么回事。"而德国人的反应则是："不，不，战争并非如此。"当然了，战争如何，德累斯顿爆炸如何，我做的调查和他们一样详尽。但是你看，德国人觉得这场战争是他们版权所有，而我竟敢妄加评论。

1　彼得·塞勒斯（Peter Sellers，1925-1980），英国喜剧演员，曾出演《奇爱博士》。
2　基南·温（Keenan Wynn，1916-1986），美国著名喜剧演员，常演典型配角，以丰富的面部表情著称。
3　斯坦利·库布里克（Stanley Kubrick，1928-1999），美国著名电影导演、编剧、制片人，《奇爱博士》的导演。

穆西尔　　关于核武器及其扩散，除了作家之外，你还担任了其他角色吗？

冯内古特　说起来有一样，我繁殖了后代。我生了孩子，非常爱他们，并希望他们爱生命，我不想他们失去信念。而对于核武器，我想象不出任何人会想要这种东西。我不想让我的国家拥有核武器，我不想任何人拥有它。国家间一个接一个再接一个地制造核武器是没有意义的，因为它们一旦存在于任何地方，就会威胁整个星球。所以我不想让我的星球拥有核武器，而那些感觉它们不太危险的人，肯定不是白痴就是伪君子。或者像刚才说的，也可能他们厌恶生命，想要终结一切。

穆西尔　　但是像约翰·肯尼迪这样的活跃人物呢？你如何评价他在古巴导弹危机时期的行为？有的人只是坐在那儿，然后说，唉，我们大概也只能这样办了，你对此有什么看法？

冯内古特　嗯，这就是我刚才说的伪君子了。热爱生命的人喜欢爬山、徒手攀岩，或是投身各类伟大的冒险，他们露着牙，对，激动地咬着牙去爱牛排、爱女人、爱威士忌，爱所有这一切。我每当看到这种人，不禁生出些警觉，因为在我看来这可能是伪善的一种症状——一个假装热爱生命的人其实会用力过猛，就像有什么要隐瞒。

穆西尔 你花了很多年的时间去弄清德累斯顿轰炸这样的事件,又去研究能制作出冰-9的科学家或原子弹之父的本性,那么你对政策制定者的炸弹或核武器威慑论有何想法?

冯内古特 我只能想到他们说谎的心,这是政治的常规部件。我有位一同参战的朋友。我们一起当过童子军,后来又一起被俘虏。那之后他做了宾夕法尼亚州的地方公诉人,他名叫伯纳德·奥黑尔。我们那时坐部队运输船回家,一起从纽波特纽斯下船。我说:"来讲讲,你有什么收获?"我指的是二战,我们两人都是列兵。他想了想说:"我再也不相信政府了。"

我们成长在20世纪30年代,那时我们信赖政府,并且热忱地支持政府,因为经济正在复苏。我们是如此配合的公民,所以对政府失去信赖只需要一点小事——我们发现政府在撒谎。那个年代识破政府欺诈是一件很了不得的事情。我们识破的谎言跟轰炸技术有关,政府说我们有高超的轰炸瞄准器,能将炸弹投进烟囱里,继而给地面造成种种显微手术般精密的爆炸效果。随后我们见识了真实场景。他们派乌泱泱的一大群飞机去狂轰滥炸,根本没用到什么轰炸瞄准器,完全是地毯式轰炸。而这一切都对美国国内保密:空袭、随机轰炸,还有向任何移动的物体开火袭击这件事的本质。

穆西尔　　你一开始是否接受杜鲁门与史汀生[1]对广岛原子弹轰炸的官方解释？还是说你觉得是很明显的谎言？

冯内古特　我那时已经下了部队运输船。我五月被释放，但是一直到六月中旬才回到家。广岛核爆炸是在八月，我那时候正在家休假。我见过轰炸的情景，所以当杜鲁门讲到将要攻击广岛市内集合场等军事目标的时候，我就知道是屁话，因为任何东西都是集合场，任何直立的楼都碍眼，两根棍子之间只要还挂着线都是军事冒犯。然而它们身上可以安这么多名目。我一直记得杜鲁门讲了我们在广岛要袭击的目标，讲到了集合场。你知道纽约有集合场，印第安纳波利斯有集合场，南本德有集合场。我觉得那些不过是铁路调车场，但如果你在里面集合了那就成了这种可怕的东西。

穆西尔　　回到当代，听到吉米·卡特在就职演说上声称"我们希望向无核化的终极目标前进"，你是否当即否定了这种说辞？你是否认为公众已经开始对政府领导人的言论不抱信任？

冯内古特　如今是想法让人们不再信任。奥威尔详尽讨论了语言和用词错误的问题。但他讲的是委婉语，只是对

---

[1] 亨利·刘易斯·史汀生（Henry Lewis Stimson，1867-1950），美国总统杜鲁门在任期间的战争部长，二战期间主张对广岛和长崎的原子弹轰炸。

不好听的事实的美化伪装。实际上，委婉语一转换成街头语言就好懂了，只需要解开谜语，就能得到一个难听的真相。但我讲的是谎言，不再需要委婉语了，委婉语的时代已经结束。我们现在听到的是十足的假话，因此没有办法真正解开谜语，只能假设欺诈的初衷。

穆西尔　我来提最后一个问题。有没有一种方式能让人们了解到原子弹的威胁，确实明白这个世界可能会爆炸，同时又不造成太大的心理反感？假如我来请教你，说："请问，我想让人们警觉核武器的存在，如果可以拍部电影、写几首诗或做几场演讲，怎样做最好？"

冯内古特　在我看来，你和你的同类像是在旷野里呐喊，而周围能听见的却只有一块石头或一棵树。还是我之前说的，热爱生命的人少之又少。就比如你爱打麻将，如果人人都打，就会再一次掀起20世纪20年代的麻将热。但是，现在没人愿意看一眼麻将牌，没人理会了，大家满不在乎。他们不喜欢那种娱乐方式，而你这项娱乐是求生。只不过是另一种游戏，而大多数人无心去玩。

穆西尔　那你由此得出什么结论？由于你经历过二战，见到我们从重磅炸弹发展到爆炸力只有一万两千吨的所谓微型原子弹，再到百万吨级的原子弹，而现在全世界的原子弹大概共有五万枚。你是否暗自觉得"我们可能撑不过去了"？

冯内古特　但是，我们撑过来了，我是说，我们在这儿呢。我们还活着不是吗？我们幸存于世，而能幸存多久，我不知道。对我来说，整个世界似乎正在采用嗜酒者互诚协会的活法，过一天是一天，我认为卡特总统也不例外。每天晚上睡觉前他就咯咯笑："拜上帝所赐，我们又活了一天！人人都说我是糟糕的总统，看，我们又多活了一天。还算不错。"我们现在是一天一天又一天地苟活，世界却仿佛没有克制。戒酒的人每天的任务就是不喝酒，仅仅是坚持一天之内不喝酒。但对于好战行为却不存在这种实在的克制。如果我们真的愿意活着，愿意清醒，每一天不仅要庆祝自己活下来，还要庆祝自己没有做出战争的姿势。但是这种克制不存在，每一天都有更多的武器被制造出来，更多战争论被愉快地灌输，更多危险的弥天大谎被讲述，所以说是没有克制的。如果我们能像戒酒者那样，不好战地多过一天，就已经很美好了。但不是这样，我们绝对好战，迟早会出问题。我正在写的书是关于一个孩子的，他已经长大了，四十多岁，他父亲曾是个枪迷，家里有几十把枪。这孩子十一岁的时候无意中拿他父亲的枪来把玩，他把弹夹装进30-06步枪，也就从那么扇阁楼窗户开了一枪，结果杀死了十八个街区外的一位家庭主妇，子弹穿进她双目当中。他在这个阴影中度过了一生，并且身败名裂。当然这个武器本来不应该存在。他出生来到这个星球，星球上有这个极度不稳定的装置，而他必然要在周围试探它、打量它。我的意思是，这个武器想要被开火，它被制造出来就是为了开火。它除了开火没有其他目的，而这样不稳定的装置存在于任何一个人类可以碰到的地方都是不可忍受的。

尼采关于选择妻子有句箴言。
他说:"接下来四十年你都想与这位女子聊天吗?"
就这么选妻子。

THE JOE & KURT SHOW

乔与库尔特秀

主持人
卡萝尔·马洛里

库尔特·冯内古特对话约瑟夫·海勒

《花花公子》(*Playboy*)
1992 年 5 月

采访安排在长岛阿默甘西特，我们在乔[1]家中的露台坐定。库尔特坐在遮阳篷下，乔靠近草坪，晒着太阳。两人都穿着卡其布短裤。

《花花公子》　　你昨晚说乔更年长。

海勒　　取决于我们在特定时刻的感受。

冯内古特　　取决于他著作的厚度，他更资深。

海勒　　你估计是按页数算的吧。你有二十七本书，都很短。而我有五本书，都很长。

《花花公子》　　你们成为朋友多久了？

海勒　　我们现在不算朋友吧。一年我大概见他两次。

冯内古特　　我们是搭档，同事。

海勒　　我们有需要的时候打电话给对方。

冯内古特　　不好说。我们俩以前都兼任公关和推广人员。我之

1　乔（Joe）是约瑟夫·海勒（Joseph Heller）的昵称。

前在通用电气公司工作，有了当作家的野心，于是去了纽约。我们两个遇见大概是在 1955 年左右。

海勒　不，不，我不是那时候认识你的。我们是在圣母大学认识的。

冯内古特　那是什么时候？

海勒　1968 年，马丁·路德·金被枪杀那年。枪杀当晚我们都在那儿。我记得和拉尔夫·艾里森从南本德飞回芝加哥，读到报纸的新闻。他们担心芝加哥形势危险。我觉得他应该就此打住，别再去了。我是那个时候见到你的。而那年果然是动乱之年。巴比·肯尼迪在 1968 年被枪杀。然后是马丁·路德·金。还有苏联入侵捷克斯洛伐克。

冯内古特　我能讲你和马丁·路德·金枪杀案的故事吗？

海勒　不能。讲吧，当然能讲。

冯内古特　那时候圣母大学举行文学节，活动持续了三四天。我们轮流上台。当时轮到海勒表演大型爆笑演讲，他上台正要开始讲话，当然，是要开始讲准备好的讲稿的时候，突然，一位学术派的教授走上舞台，来到讲台旁，礼貌地将乔顶开，说：“谨此告知大家，马丁·路德·金被枪杀了。”然后这家伙便走下台就座了。海勒说：“我的天呐。我的天呐。我现在要是在雪莉身边就好了。她肯定把眼睛都哭瞎了。”

海勒　雪莉是我第一任妻子。接着我就按准备好的稿子讲了。这个开场真不容易。我们俩就是这么遇见的。库尔特·冯内古特的演讲估计是我听过的最好的演讲。之后我应该再也没听过更好的了。他是那么自在舒适，那么幽默风趣，完全像是做了一场即兴演讲。后来我过去跟他握手的时候，发现他一身大汗。过了几年我问他，是自己提前写了讲稿，还是临场的即兴发挥。

冯内古特　　每个作家都得写讲稿。

海勒　　我就不写。

冯内古特　　你不写？

海勒　　不写。我只做一个演讲，取决于那天马丁·路德·金是否遇刺。

《花花公子》　　你现在想做个演讲吗？

海勒　　不。我做演讲是有报酬的。但跟奥利·诺思鼎盛时期比起来还是不值一提。或者利昂娜·赫尔姆斯利[1]，她赚得更多。通常某些人会在有一年里特别走红。像安吉拉·戴维斯就是如此。还有艾比·霍夫曼。

冯内古特　　博克[2]红了六个月。不过是因为丑闻。

1　利昂娜·赫尔姆斯利（Leona Helmsley, 1920–2007），美国商人，以性格跋扈出名。
2　罗伯特·博克（Robert Bork, 1927–2012），曾在被里根总统提名为大法官时以种族和性别歧视为由诋毁阻挠。

海勒	我不认为是丑闻。
冯内古特	学生们就是来看走红的奇葩和怪胎。如果一位极其庄重、智慧且资深的人物来讲座,比如哈里森·索尔兹伯里[1],是没人会来的。
海勒	会有一小群观众,还有一些中途退场的。
冯内古特	全世界最好的观众就在第九十二街 Y[2]。那些人什么都懂,十分清醒,反应积极。
海勒	十二月七日那场我是嘉宾之一。珍珠港事件五十周年纪念日。
冯内古特	你在珍珠港被炸了吗,乔?
海勒	没有。
冯内古特	当然,被炸的是詹姆斯·琼斯[3]。我刚刚说,这可能是一个告别采访,因为我们这一代马上要退场了。詹姆斯·琼斯走了。欧文·肖[4]走了。杜鲁门·卡波特[5]也走了。
海勒	是的,但是没有人替代我们。

---

1 哈里森·索尔兹伯里(Harrison Salisbury, 1908-1993),美国著名作家和记者,作品多反映战争和国际政治的重大问题。
2 第九十二街 Y(the 92nd Street Y),位于纽约的犹太青年文化机构,常举办访谈类节目。
3 詹姆斯·琼斯(James Jones, 1921-1977),美国电影编剧及导演,作品多为二战及战后题材。
4 欧文·肖(Irwin Shaw, 1913-1984),美国电影编剧。
5 杜鲁门·卡波特(Truman Capote, 1924-1984),美国作家,著有纪实文学经典作品《冷血》。

冯内古特　　　没有。（笑）

海勒　　　话说，我正在写一本相关题材的小说，名叫《终了时刻》。是关于一个与我年龄相仿的人，意识到不仅黄金时代已经远去，甚至人生也快要结束。第九十二街 Y 的邀请巧妙地点题了，因为小说开篇的几句话是："我们这个年纪的人谈起战争的时候，指的不是越战，而是半个世纪前爆发的那场战争。"

《花花公子》　　　你在忙什么呢，库尔特？

冯内古特　　　忙着离婚。是份全职工作。你不就从事过这份全职工作吗？

海勒　　　噢，远不止全职工作。你应该回去读《不是玩笑》里关于离婚的那部分。我把所有律师都找了个遍。不过听你说，你这边应该比较太平。

冯内古特　　　我看离婚现在很普遍了，理应制度化一些。不要每次都像是正面对决。离婚本该算是意外，但现在再平常不过。说一遍你写的那句从未梦想结婚的台词。

海勒　　　是在《出事了》这本书里："我想要离婚；我做梦梦见离婚。从来没有确定过我要结婚，但一直都知道我要离婚。"

冯内古特　　　诺曼·梅勒[1]已经离婚几次——五次吗？

---

[1] 诺曼·梅勒（Norman Mailer，1923-2007），美国著名作家。

海勒　　　我曾经的偶像之一是阿蒂·肖[1]。他跟那些名流美人结婚，还付得起离婚费。那个年代，离婚是很难的。你必须去内华达州。其次，你需要大笔的赡养费，因为女人总能判到这笔钱。我搞不懂一个单簧管乐手是怎么负担得起这些女人的离婚费——艾娃·嘉德纳吗？拉娜·特纳？凯瑟琳·温莎[2]？噢，其他人我不记得了。他大概有八任妻子。个个都光彩照人。

冯内古特　　我以前吹过单簧管，那时觉得他是史上最伟大的单簧管演奏家。

海勒　　　你觉得他单簧管吹得比本尼·古德曼[3]或皮·威·罗素[4]更好？

冯内古特　　有音乐学家向我解释过。我跟他讲："我会耍一些把式，单簧管是其中之一。"他说："肖的单簧管装了一种没人用过的特殊簧片，还有一个特制的吹口，音可以高别人整个八度。"而我听他就是一直这样演奏的。老天，他的音一路飙升，谁也到不了那么高。但是不，不，历史上最伟大的单簧

---

1 阿蒂·肖（Artie Shaw, 1910-2004），美国大乐队指挥，著名的爵士乐单簧管演奏家。
2 艾娃·嘉德纳、拉娜·特纳、凯瑟琳·温莎均为美国女演员。
3 本尼·古德曼（Benny Goodman, 1909-1986），美国著名爵士乐单簧管演奏家、乐队领队，被誉为"摇摆爵士之王"。
4 皮·威·罗素（Pee Wee Russell, 1906-1969），美国爵士乐单簧管演奏家。

	管演奏家我觉得可能是本尼·古德曼。
海勒	我也这么觉得。
冯内古特	有天我正巧跟古德曼同坐一辆豪华轿车回家，我对他说："我也吹过小甘草糖条[1]。"

《花花公子》	为什么男人比女人更能分辨出性与爱的区别？
海勒	你的问题暗示了女人仅仅在恋爱中才投身于性，或是将性看作一种爱的行为。我们的词汇已经如此腐化，在我看来令人羞愧。你听过一个男性用"爱人"形容自己的女人吗？你听过男性说"这位女性，她是我爱人"吗？
冯内古特	我会这么说一个女人。跟亲近的朋友这么说。
海勒	我只用过一次，在一本书里，名叫戈尔德的人物跟我的反应完全一样，而书中的女子说："你是我的爱人。"他从未把自己看作爱人。他说他一直当自己是做爱者，而非爱人。
冯内古特	好吧，乔就是这样。乔也不参与投票。是这样吗，乔？
海勒	我会说——（割草机的声音）哦该死！他现在要来割草吗？好吧他来了。

《花花公子》	我们让他停下？还是进去房间里？

---

[1] 甘草糖条是一种以甘草为配料的橡皮软糖，多为黑色长条状。

海勒　　　我们可以进去。不，不能阻止他。有他来割草很幸运了。

我们进入了海勒的现代乡村之家。库尔特坐在两个沙发之间的跪垫上。乔坐在跪垫垂直方向的沙发正中。他们开始聊二战。

冯内古特　　二战归来只有一个人被视为英雄，那就是奥迪·墨菲[1]。他是众所周知的唯一英雄。

海勒　　　回家的时候我感觉自己是个英雄。接受采访的时候仍然感觉自己是个英雄。人们觉得我很了不起，在飞机上参加战斗，执行过六十次飞行任务，即便我告诉他们大部分任务是运送牛奶。

冯内古特　　你拿了什么奖章？

海勒　　　我获得了宪法奖章，属于自动授奖。五六颗星的空军奖章。你知道吗，我的新书里面有你，如果你没意见的话。

冯内古特　　好的。好的。

海勒　　　所以说这不是小说续写。里面有个角色来到德累斯顿，和一位名叫冯内古特的人交谈。你不在

---

[1] 奥迪·墨菲（Audie Murphy，1926-1971），二战中表现杰出的美国大兵，战后成为著名电影明星。

《第二十二条军规》里面，所以不算严格意义上的续写。

冯内古特　　乔之前写这本书的时候，想安排一位军官或是高层的非战斗人员去德累斯顿，也就是轰炸的指挥者，然后他最终在那儿遭到轰炸。然而这在技术上是不可行的。非战斗人员和军官战俘不允许工作，他们都关押在郊外的战俘营里。

《花花公子》　　你对轰炸伊拉克有何感想？

海勒　　我觉得整个海湾战争罪孽深重。我的感觉是，到那个时候布什仍然没弄清楚他为什么入侵巴拿马，并且不明白他为何要在伊拉克发动战争。现在他还是没懂。我觉得太残暴了。

冯内古特　　我明白为什么要抓那么多人然后那样杀掉他们，特别是采用空袭的方式来剿灭。但是我们从二战回来的人，这些为正义而战的人，之后都深感厌恶，不愿再谈。我们参战时有两种恐惧，一种是自己可能被杀，另一种是不得不杀人。想象一个从海湾战争回来的战士，特别是飞行员，说："哎呀我走运了。我没杀人。"电视将我们非人化了，这已经到了无可忍受的地步。就好比击毙一群周六下午踢完足球回家的人。攻击头尾两辆车，然后来来去去把每个人杀死。这么做太可耻。对于德国党卫军队，或许是党卫军的精英部队或者个

|||别军官，训练要求他们必须勒死一只猫。徒手完成。我认为电视无须让任何人勒死猫，就在很多人身上达到了相同的效果。|
|海勒|我猜勒死了第一只猫之后，其余的就容易了。接下来的五六只纯属娱乐，接着就成了休闲活动，一种随意的消遣，像点根烟那样无所谓。|

《花花公子》	为什么我们要通过游行来庆祝战争？
海勒	我觉得谈论战争时用"我们"这个字眼很危险，其中的漏洞在于民主。我不觉得我有生以来哪位总统入驻白宫时，很多有投票资格的公民参与过投票。
冯内古特	是的，但你起码有过一位伟大的总统，不是吗？
海勒	哪位？
冯内古特	罗斯福。
海勒	我经常想，如果我是罗斯福任期的成年人，会不会像回顾他时那样尊敬和爱戴他。
冯内古特	俄国人无限长久地爱戴沙皇，直到最后一分钟，因为他就是父亲。
海勒	一旦战争开始，我想所有人都期盼赶紧结束，并且不想看到美国战败。里面有太多胡诌和欺诈。

| 《花花公子》 | 与其杀害几十万伊拉克人，为什么不让萨达 |

姆·侯赛因[1]"消失"?

海勒　　　没那么容易。估计他们在挑选轰炸地点,希望能炸到他。就像他们没炸死卡扎菲[2]但是炸死了他女儿。

冯内古特　　人们对战争,也就是二战深恶痛绝的时候,加拿大人拍了部精彩的纪录片。二战的死亡规模庞大,五万多不知名的战士参与飞行,他们却专注报道飞机上的那几个浪漫人物,挑起人们对战争的兴趣。

海勒　　　是在美国还是法国?

冯内古特　　所有的战斗机飞行员。人人都爱冯·里希特霍芬[3],丝毫不亚于他人。大家都说:"谁能把他干掉呢?"我的代理肯·利陶尔——已经过世——恰好是利陶尔空军中校,军事历史上第一个低空轰炸战壕的人。他二十二岁时已经升为上校,和里肯巴克、诺尔多夫、霍尔都在拉法耶特空军中队。他们是美国空军中仅有的知道如何飞行及战斗的军人。利陶尔那时只是观察员,出机搜寻炮兵部

---

1 萨达姆·侯赛因(Saddam Hussein,1937-2006),伊拉克共和国第五任总统,军事独裁者。
2 卡扎菲(Qaddafi,1942-2011),利比亚政治人物,曾于1968至1969年间任利比亚首相。
3 曼弗雷德·冯·里希特霍芬(Manfred Albrecht Freiherr von Richthofen,1892-1918),德国飞行员,被称为王牌中的王牌。

队。他想，"管他的！目的就是杀人。"随后他离队了，可能带了一把机关枪。

海勒　　开始的时候是有意思的。我们是孩子，十九、二十岁的年纪，手里握着真机关枪。不是科尼岛室内游乐场里的那种玩意。你有一种感觉，仿佛其中有光辉闪耀，你因光荣而激动无比。第一次见到飞机着火，然后降落伞落下来的时候，我脸上带着大大的笑容。最初执行任务的时候没人向我们开枪，我还挺失望。

冯内古特　　莫利·塞弗[1]写过他深入轰炸废墟的所见所闻，B-52轰炸机部队在疑似越共藏匿点的地方投下了那些巨型炸弹。他说气味极其难闻，肢解的人体在树梢挂着，这种景象可怜的飞行员是不常见到的。

海勒　　空军看不见这些。我也没意识到，直到我读了保罗·福赛尔[2]关于一战的书，书里说如果被炮弹壳或是爆炸的手榴弹击中，几乎所有人都会肢解致残。不像电影里演的那样，受伤的人捂住胸口然后倒地身亡。人都被炸开，炸成一块块的。

《花花公子》　　我们对战争的迷恋是否受到政治阴谋的暗中

---

[1] 莫利·塞弗（Morley Safer, 1931-2016），美国著名主持人，曾以电视片揭露性地报道越南战争，给约翰逊政府造成重大冲击。

[2] 保罗·福赛尔（Paul Fussel, 1924-2012），美国历史学家、作家和教授，曾是二战步兵。

推动？

海勒　　　美国统治者开始发现，快速取得民心的方式就是投入战争。我想如果越南战争能在一两个月内打赢，约翰逊或许还能连任总统，或许现在还活着呢。

《花花公子》　　你认为中央情报局与战争有关系吗？

冯内古特　　艾伦·金斯伯格[1]和中央情报局局长理查德·赫尔姆斯打过一个赌。越南战争正在打响的时候，艾伦用他的黄铜小哑铃还是什么圣物作赌注，赌中央情报局介入了毒品贸易，并且早晚会暴露。他说他们从东亚空运毒品。我不知道艾伦赌赢了没有，也不知道赫尔姆斯赌的是什么，但我肯定他说的是真的。

海勒　　　介入毒品贸易是一回事，本身就是毒品贸易是另一回事。

《花花公子》　　我们攻打伊拉克战场的时候，是不是通过将焦点转移到国外来掩饰国内的问题？

海勒　　　我写最新这本小说的时候，发现修昔底德[2]同样

---

[1] 艾伦·金斯伯格（Allen Ginsberg, 1926–1997），美国"垮掉的一代"诗人领袖，越战期间的反战激进分子。
[2] 修昔底德（Thucydides），古希腊历史学家、文学家，著有《伯罗奔尼撒战争史》。

> 这么指责伯里克利——发动斯巴达之战来转移对个人丑闻的控诉。这比管理自己国家要容易多了。管理国家还极为危险，因为民主制度的诱惑很大。

冯内古特　敌人若是反击也很糟糕。

海勒　那样的话，你就得选那些不会反击的敌人。在美西战争中，美军在马尼拉的死亡人数是四或七。巴拿马让我长见识了，参战人数的伤亡率是如此之高。

冯内古特　我们之前攻打的是哪座岛？飞机跑道特别长的那个？

海勒　格林纳达。

冯内古特　我们一开始牺牲的人都是海豹特种部队的。因为他们被降落到海里之后再也没有音讯。没人知道他们到底怎么了。

《花花公子》　我们聊一聊审查制度吧。对于政府干涉隐私你们有过担忧吗？

海勒　你的意思是，比如说，我认为那个叫皮威·赫尔曼[1]的家伙在成人剧院自慰应该被逮捕吗？

冯内古特　他玩到高潮了吗？我真的没紧跟时事，应该多注意的。

1　皮威·赫尔曼（Pee-Wee Herman），美国喜剧演员保罗·雷宾斯（Paul Reubens）所塑造的人物角色。

海勒　　　但是那属于犯罪吗？我不觉得。

冯内古特　我同意乔的观点。

海勒　　　想到有人在剧院或是厕所自慰，我们可能会恶心，但是只要他不引起别人注意就不成问题，否则这叫表现癖。

冯内古特　这是个很大的国家，到处有原始部落，有着各自的习俗和道德准则。我对基督教的基要派也是这么看的。他们真的应该收敛一点。他们有权利拥有自己的文化，我能理解第一修正案对他们的伤害很大。这部修正案是个悲剧，因为每个人的感情都将受到伤害，而政府在你受伤害的时候却不在保护你。

《花花公子》　对那些被剥夺了选择权的女性来说呢？

冯内古特　我觉得布什在堕胎问题上完全没有诚意，他的看法大概和很多耶鲁大学毕业生没什么两样。装成对堕胎很关心的样子，却不过是在捞取政治资本。他不想太过积极地推动，因为这样又会失去一大部分选民。

海勒　　　就算是他装出来的吧。我要引用《茫茫黑夜》[1]导言里的一句话："我们就是我们装出来的样子。"

---

[1] 《茫茫黑夜》(*Mother Night*)，冯内古特1962年发表的小说，讲述一位纳粹分子和剧作家的人生。

如果那些政府人士假装反对性表演或者堕胎，收效跟他们认真的时候是一样的。

《花花公子》　你认为参议员赫尔姆斯也在装腔作势吗？

冯内古特　是的。南部有几个出名的伪君子，他绝对是其中之一。像利用圣经攻击他人的激进分子一样，是为了吸引民众注意。

《花花公子》　你认为他构成实在的威胁吗？

冯内古特　有挺多基督教基要主义者追随他，所以他其实服务了他的忠实者，而要我说，这些忠实者并不是伪君子。不过有次在那辆从国会下面开过的有轨车上，我遇见过一个赫尔姆斯的手下，是他的助手。这个人跟别人一样时髦、一样清醒，只不过做着他的分内工作。

《花花公子》　我们来聊聊书吧。你们对企业干预出版是否感到担忧？

海勒　"担忧"这个词严重了。我感受得到这种干预，而且明白这对文学没有益处。随着年纪增长，我开始这么想了，不但有些事难以避免，什么都是难以避免的。

《花花公子》　那么对于出版的审查呢？你怎么看西蒙舒斯特出

	版公司迫于压力决定不出版已签约的书，也就是布莱特·伊斯顿·埃利斯的《美国精神病人》？
海勒	让大家不满的，是这个决定来自派拉蒙电影公司的总裁，他是西蒙舒斯特出版公司的所有人。但那本书出版了。我倒不觉得审查在这个国家构成普遍威胁。
冯内古特	你可以自己出版。麦卡锡时期[1]，霍华德·法斯特出版了《斯巴达克斯》，卖给电影公司。没人愿意出版他的东西，因为他是共产主义者。
《花花公子》	作家们是相互支持还是相互憎恨？
冯内古特	作家不会相互嫉妒。
海勒	我们也许会嫉妒别人的成就，但不会嫉妒本人。
冯内古特	画家和诗人可能会因同行的走运而极度不满。作家和小说家真的完全不在意。
《花花公子》	是非虚构类作者比小说家更容易相互羡慕和嫉妒吗？
冯内古特	据我所知，有一段非常亲密的友谊就是这样破裂的，因为两位朋友其中一个写了本书，而他最好的朋友紧随其后。

---

[1] 麦卡锡时期（McCarthy era），20世纪40年代末到50年代初，美国反共、排外运动盛行的时期，以参议员麦卡锡掀起的反共热潮为标志。

《花花公子》 是不是非虚构类书比虚构类书的作者更不容易邀请到推荐语?

冯内古特 推荐语都是胡扯,谁看推荐语谁是疯子。卡尔文·特里林说:"应该要求写推荐语的人把与作者的关系直接写在封面上。"这是种很好的广告方式,让你的大名环绕四周。

海勒 这是不容易得到推荐的原因之一,但是人们不像以前那样邀请长篇推荐了。

冯内古特 阿尔杰·希斯[1]写书的时候,就是最新出的讲述他亲身经历的那本书,我给他写了推荐语,结果书里只有我一篇推荐。吓我一跳!我还以为有别人跟我一起,像霍华德·法斯特还是谁……

《花花公子》 你们为彼此的书写书评吗?

海勒 没写。

冯内古特 我写了。我们那时对彼此不太了解。后来我们在这成了邻居,乔才终于写了另一本书。

海勒 那是 1974 年。

冯内古特 《出事了》刚刚是他第二本书,他挺紧张是谁给他写《时代周刊》的书评。

海勒 你讲完了我要更正的这段经历。

---

[1] 阿尔杰·希斯(Alger Hiss, 1904-1996),美国政府官员,曾因被怀疑是苏联间谍而遭到多次起诉。

冯内古特　　那个夏天刚开始的时候，这事在情理上还算讲得通，因为我确实不太了解他。但是，夏天的大部分时间我都用在写书评，于是对他越来越熟悉。谁给你写《时代周刊》书评的事他们是怎么告诉你的？你来纠正纠正我的讲法吧。

海勒　　我很早就知道是你写的，因为欧文·肖告诉我了。我说："你万万不应该告诉我的。"我对你够了解，我知道你不会接受邀请，除非确定能给好的评论。接着我开始对你和我自己感到焦虑。每当别处有一点好评的消息，我都想告诉你。

冯内古特　　这就是弄虚作假。

海勒　　我不想让你被自己写的赞美所压抑。

冯内古特　　真的有人揪你小辫子吗？真有人不喜欢那本书？

海勒　　有些评论者很失望，因为不是他们所期待的另一本《第二十二条军规》。

冯内古特　　然而《第二十二条军规》刚出版的时候反响也有些微弱，不是吗？

海勒　　除了在广告数量上无人赶超。

冯内古特　　伯特兰·罗素称赞那本书了吗？

海勒　　他不单称赞了，还让秘书打电话约我见面。那属于我人生中仅有的几次激动人心的会面之一。从威尔士到伦敦开车要很长时间。罗素已经九十岁了，他跟照片里的一模一样。我第一次去威尼斯的时候也是这种印象，看起来完全像威尼斯。巴黎不是，伦

|||||||敦不是，纽约不是。威尼斯和威尼斯一模一样，伯特兰·罗素和伯特兰·罗素一模一样。
冯内古特|我看这是第一本不浪漫化空军的书。
海勒|是不是第一本我不确定。这不是本罗曼蒂克小说，但是很浪漫。我明白其中蕴含了感性。菲利普·汤因比写的书评里有段话，我现在读起来还很不好意思。他开始列举英语文学中的讽刺经典，然后我也名列其中。记得是他说这是第一部讲恐惧和懦弱如何变成美德的战争小说。
《花花公子》|所以，谁是新时代的库尔特·冯内古特和乔·海勒们呢？
海勒|噢，我不觉得有继承者。
冯内古特|等等，我们还没看施瓦茨科夫的回忆录呢。（笑）
海勒|你把名字说错了。施海瑟科夫[1]。
冯内古特|我记得施瓦茨科夫的父亲，是新泽西的一位警察局局长。后来主持了一个电台节目，叫"执法者"。
海勒|有人跟我说他父亲也是新泽西和纽约的地区选举服务部部长。
冯内古特|四颗星很了不起了。潘兴[2]不过也拿了四颗星。

---

1 施海瑟科夫（Scheisskopf），《第二十二条军规》中主人公的训练军官。
2 约翰·约瑟夫·潘兴（John Joseph Pershing, 1860-1948），美国著名军事家、陆军特级上将，又称"铁锤将军"。

《花花公子》　　我不太明白他说被导弹袭击不如暴风雨袭击危险。

冯内古特　　他对飞毛腿导弹的看法，我认为是说击落一架飞毛腿导弹就像是击落一艘固特异飞艇，因为这些东西的速度没有很快，也不难击中。有个关于二战时一艘荷兰巡洋舰的故事，那时纳粹正要占领荷兰，这艘巡洋舰逃了出来，停靠在一个峡湾里，刷上了紫色和绿色条纹的伪装涂料，然后驶进了克莱德河湾，驻苏格兰的英国海军正停泊在那儿，巡洋舰舰长对旗舰喊道："我们的伪装怎么样？"得到的回应是："你们在哪儿？"

《花花公子》　　是真的吗？

海勒　　冯内古特会开玩笑吗？

《花花公子》　　你们两个有谁读当代作家的作品吗？

冯内古特　　我们不像医学专业，得了解最新的治疗方法。我正在读尼采。

海勒　　我正在看托马斯·曼。我有点犹豫，因为我看的书比非虚构作品还难懂。像科学书籍、哲学，我没办法看得很快。我敢肯定我这次读得比以前慢多了。

冯内古特　　读书不再是什么紧迫的事情了。不是为了紧跟潮流。我有马克·赫尔普林的那本大书，不觉得会去看，太懒了。

《花花公子》　　诺曼·梅勒的书呢?

冯内古特　　这你别管。诺曼是我朋友。

海勒　　我通常一口气读完。我看当代作家的书。

《花花公子》　　比如谁?

海勒　　不是"谁"的书,是某一本书。如果这本书的介绍让我觉得有意思,不是令人愉快,而是有意思。我收到的每份书单都要看看。我没时间读这些书,就像我不像库尔特那样收到很多酒会邀请。

冯内古特　　他们不寄了。话说,我正在读马丁·艾米斯。

海勒　　最新那本?

冯内古特　　是本新书,全是倒着来的,时间倒流。非常难懂。

海勒　　我会去读朱利安·巴恩斯的新小说。我莫名地喜欢朱利安·巴恩斯。

《花花公子》　　有女作家的书吗?

海勒　　你得提一些名字。

《花花公子》　　安·贝蒂。

海勒　　我读过安·贝蒂。

冯内古特　　我读过玛格丽特·阿特伍德的《使女的故事》,觉得很精彩。我给她写过一封粉丝信。乔有次在采访还是什么里说过,广告业人士写的东西比小说家更好看、更风趣。

海勒　　也好过学术界的作者。《第二十二条军规》出来的时候我的经历就是如此。

《花花公子》　你最喜欢乔的哪部作品？

冯内古特　他写得太少了，没法选。

海勒　没有让人信服和满意的答案。

冯内古特　你知道那间青蛙与桃餐厅的故事吗？菜单上有四道菜。你可以点一只青蛙，你可以点一颗桃子，你可以点一个青蛙馅桃子或者桃子馅青蛙。你问我最喜欢乔的哪部作品，没有一份很长的菜单可以选。我跟乔交情很深呢。我在耶鲁大学看过《我们轰炸纽黑文》的演出，没多少人能这么说。

海勒　耶鲁的演出比百老汇多一些。我曾经认为《第二十二条军规》是我最好的小说，直到我读了库尔特为《出事了》写的书评。现在我认为《出事了》最好。

《花花公子》　你最喜欢库尔特的哪本书？

海勒　噢，他的书我都不喜欢。我给他写推荐语只是为了维持友谊。

冯内古特　乔肯定不介意我讲这个。他写一本书要花很长时间，每本书他都不是同一个作家，因为已经老了十岁。尼采说哲学家的世界观奠定了他的名声，而他无法作出改动。反映出的是他那个时候的年龄。柏拉图的哲学是三十五岁的哲学。

《花花公子》　听说你在写一部电影剧本。

冯内古特　　是的,和史蒂芬·赖特一起。

海勒　　　　天呐,我多想写个电影剧本。

《花花公子》　你们为什么不合作?

海勒　　　　让我当一个地下合作者?那么请给我足够的酬劳去付作家协会的医疗保险。

冯内古特　　是一份俗差。我只是对史蒂芬·赖特感兴趣而已。他在我这儿住了几天。你知道他是谁吗?

海勒　　　　不太知道。

冯内古特　　他身材是伍迪·艾伦那一类,然后带点忧郁,总是不知道接下来到底要说什么。你听着他讲,然后他终于说出来了,但他从来不说他是哪里来的,是什么人。他其实是一个罗马天主教徒。很多人以为他是犹太人。但是他很聪明,没说"我是波士顿的"。他在学院喜剧团是抢手明星。一次出场费就能拿到一万五千美元,一年有五万美元。

海勒　　　　你写剧本有稿费吗?

冯内古特　　我碰运气写写。但是如果他们不付钱的话,我不给他们看。

《花花公子》　那好莱坞呢?

海勒　　　　我热爱好莱坞。我平常工作不多,每个活我都接。我喜欢去好莱坞因为我认识那里的人,所以每次

	去都有人买单。
冯内古特	你是怎么认识那里的人的?
海勒	我在科尼岛的所有朋友二战之后几乎都去了那儿。加上我侄子在那儿的派拉蒙电视工作。
《花花公子》	库尔特,我看你对与好莱坞合作很激动啊。
冯内古特	不。有两个小说家应该感激好莱坞。一个是玛格丽特·米切尔[1],另一个是我。
海勒	《末路狂花》是我几年来看过的最好的电影。我很喜欢。接下来就是我一年前看的那部意大利电影《天堂电影院》。我一般不爱看电影。
《花花公子》	《末路狂花》的女主角们杀了一个男人,你会反感吗?
海勒	不会。杀死牛仔和印第安人不会让我怎样。只是在电影里而已。有那么多结局发现元凶是女性的电影。我不觉得这部电影有什么道德寓意,就是讲两个女人陷入麻烦的一个片子。
《花花公子》	像《末路狂花》这种电影是否预示了文化的变革?
冯内古特	你忘了我们都是老年人了,跟我们同时代的是

---

[1] 玛格丽特·米切尔(Margaret Mitchell,1900-1949),美国现代著名女作家,著有《飘》。

《雌雄大盗》和《母子杀人狂》。她是全家的顶梁柱。我们见识过几位真正强大的女性。

《花花公子》	邦妮还在追求克莱德，是吗？
海勒	你问的不是女性，你问的是电影里的角色。

《花花公子》	最近在纽约圣约翰大学的强奸案审判庭，一位陪审员穿的 T 恤上写着，"拉开我的裤链"。那是怎么回事？
冯内古特	我不知道，不过那个 T 恤很流行。

《花花公子》	那是从哪儿来的？
冯内古特	T 恤工厂，显而易见。

《花花公子》	为什么有人要穿这件 T 恤？
冯内古特	乔和我在英格兰有段时间跟一个出版商合作，他的裤子拉链总是开着。

《花花公子》	你们年纪越大性事越美妙吗？
海勒	什么越美妙？
《花花公子》	你们年龄增长，性生活会变得更好吗？
海勒	我不知道。从年轻到现在一直没有过。
冯内古特	我不知道他是不是在开玩笑。
海勒	我成人后没有过性生活。

冯内古特　　他是喜剧演员。

《花花公子》　那么你呢，库尔特？你的性爱随年龄增长有所改善吗？

冯内古特　　变成了一个更好的爱人。

海勒　　　　我觉得我比以前更爷们了。

《花花公子》　更什么？

海勒　　　　更有性欲。我比十七八岁的时候更想要性。

《花花公子》　你们为什么不把性以及随之而来的感情羁绊描写得更详细？

海勒　　　　比什么更详细？你一直在投射你的想法，你一直把情感感受安到性感受上面。刚才你用的是"爱"和"性"，现在你暗示性的情感效应。你说的情感肯定跟性的感官感受不一样。

《花花公子》　是的，情感跟感官是不同的。

海勒　　　　我不觉得情感感受与性之间有必然的联系。

《花花公子》　D·H·劳伦斯[1]没写到情感吗？

海勒　　　　那是他的艺术或文学良知的范畴。话说我不觉得作家有选择权。在我看来，我们发现了一个可以

---

[1] D·H·劳伦斯（D. H. Lawrence，1885-1930），20世纪英国作家，曾因作品中大量的性爱描写受到抨击。

让自己娴熟发挥的领域，那就是我们的想象。我不能像库尔特那样运用想象力，他也不能像我一样。我俩都写不出菲利普·罗斯或是诺曼·梅勒的作品。我知道约翰·厄普代克写了很多情色邂逅的故事。我想这就是那些能够做到、会去做而且想这样去做的作家。

《花花公子》　亨利·米勒呢？

海勒　他作品里是直白的动作。

《花花公子》　阿娜伊斯·宁[1]？

冯内古特　我没读过她写的情色小说。如果你让一对有魅力的男女相遇，读者就会想看他们做爱，或者想弄明白为什么他们没有做爱。然后你就再也写不了其他东西了。我举一个拉尔夫·艾里森的《看不见的人》的例子。故事讲了一个黑人在美国社会里寻找富足和精神启迪，是本流浪汉题材的小说。如果他遇见一个非常爱他的女人，而他也爱她，那这本书就结束了，就会跟我的书一样薄，所以艾里森必须让他远离女人。

海勒　不得不说，对我来讲，这样通常出不了好文学。

---

[1] 阿娜伊斯·宁（Anaïs Nin，1903-1977），现代西方女性文学的开创者，西班牙舞蹈家，亨利·米勒的情人。

详细描写性交动作或是所谓性感受的小说对我来说没有意思。就像描述地铁列车的声响。有些人能办到，年轻作家很喜欢那一类描述。但是他们完成的时候，所做的一切就是描绘了一辆地铁列车进站或出站时发出的噪声。那是小说的神圣使命吗？让读者相信你的作品非常写实？我不这么看。

《花花公子》　艾萨克·巴什维斯说过："性与爱是人性得到最充分展现的地方。"

冯内古特　但凡有意思的话他都能说，他就爱这么调侃。你知道他怎么评价自由意志吗？"我们无权选择。"

海勒　那个说法没被证实过，我不同意。相同的两人可以做爱无数次，体验也许不同，但从这次到那次之间，人的性格不会变。

《花花公子》　但是性事增多让人们更了解对方。

海勒　我不这么认为。

冯内古特　这就是法国的金钥匙理论。

海勒　在午餐上得到的信息会多于之前的见面或电话交谈。

冯内古特　尼采关于选择妻子有句箴言。他说："接下来四十年你都想与这位女子聊天吗？"就这么选妻子。

海勒　如果书看得广一些，就会少一些婚姻。

冯内古特　　　如果你能给我拍一段弗兰克·辛纳屈与南希·里根[1]的性爱录像，我离婚剩下的财产都给你。感觉那太有意思了。

《花花公子》　在白宫里吗？

冯内古特　　　我不管在哪儿。俩瘦巴巴的人。

《花花公子》　你读过姬蒂·凯莉[2]的书吗？

冯内古特　　　当然。读过一部分。那些书乔都有。有关肯尼迪家族或者有关任何丑闻的书。我只是随手翻翻。

海勒　　　我没看。

《花花公子》　你认为我们为什么对丑闻那么感兴趣？

冯内古特　　　只因为登在报上了，和我们问候陌生人时假装自己对体育感兴趣是一个道理。"你认为世界系列赛[3]的第二场比赛如何？你觉得这个如何？你觉得超级碗[4]如何？"只不过是一种寒暄。

海勒　　　我同意他的观点。我对传言和丑闻只有一丁点兴趣，而且正在减弱。谈到报纸上最有意思的东西，我觉得我们的新闻报道简直有毒。不应该有日报，

---

1 南希·里根（Nancy Reagan，1921-2016），美国前总统里根的夫人。
2 姬蒂·凯莉（Kitty Kelley，1942- ），美国记者与作家，著有多部政界名人的畅销传记。
3 世界系列赛，美国职业棒球的系列赛事。
4 超级碗，美国职业橄榄球大联盟的年度冠军赛。

也许该每周出版一次。

冯内古特　　约翰·肯尼迪太离谱了，他是个怪物！我看，他睡过的女人数量明显可以列入吉尼斯纪录。

海勒　　我那时候要是知道他在忙这个，可能会更喜欢他。

《花花公子》　　为什么性关系多的男性会得到尊重，而同类女性却被人不齿或鄙视？

海勒　　可能源于男人对性无能的巨大恐惧，以及连带的嫉妒心理。马克·吐温说，《圣经》反对通奸的唯一目的就是防止女人和其他人做爱。他是这么解释的，男人像蜡烛，总有燃尽的时候，而女人是烛台，可以摆一百万根蜡烛。

《花花公子》　　但是女性也鄙视性经验多的女性。

海勒　　名声不好的女性对男性尤其有吸引力，对我来说是这样的，不过这要是发生在自己的妻子或女儿身上，那我就无地自容了。

冯内古特　　乔给了一个弗洛伊德式的解释。我认为男性一直怀疑女性比他们更强大、更优秀，这是从他们母亲身上感受到的。我认同这个观点。

《花花公子》　　你认为女性年轻比年长更性感吗？

冯内古特　　不。

海勒　　我同意库尔特的看法。

冯内古特	我在爱荷华大学任教一年,那里斯堪的纳维亚人的比例很高,有非常多的金发女生。我对那些女大学生没有一点兴趣。
海勒	即使我年轻的时候,也觉得成熟的女人比少女更有魅力。

《花花公子》	你心里有没有一个幻想对象?
冯内古特	我的天呐!
海勒	麦当娜。麦当娜。
冯内古特	乔提过的阿蒂·肖的一任妻子,我见过最性感的女人,艾娃·嘉德纳。
海勒	凯瑟琳·温莎挺性感的。
冯内古特	丽塔·海华斯。她患老年痴呆的时候我挺受打击。

《花花公子》	乔,你说麦当娜是认真的吗?
海勒	不是。

《花花公子》	谁会赢得民主党提名?
海勒	我有个感觉,可能会是我。

《花花公子》	你?你会为自己投票吗?
冯内古特	他得先注册。
海勒	我会注册的,而且我会参选。我要是参选就去注册。

《花花公子》	库尔特，你会投票给乔吗？
冯内古特	当然。说到头都是傀儡差事。
海勒	我要提两个竞选方案，我相信我会胜出。第一，作为联邦政府的总统，我对女性的堕胎权不作任何干涉；第二，我会着手在这个国家建立全国医疗体系。别问我钱怎么来，我会想办法弄。
冯内古特	保守派和自由派之间的最大不同，就是保守派似乎不在意杀戮，而自由派对死亡胆怯得很。保守派认为死了这么多人的巴拿马大屠杀没有问题，我看他们真是达尔文主义者。有人饿死街头没关系，因为是自然规律。
海勒	西方文明是与魔鬼勾结的。我认为浮士德的故事讲的就是西方文明，也可称之为白人的文明。魔鬼或上帝说："我给你知识去做伟大的事，但你却会用这些知识毁灭环境，继而毁灭自身。"你刚才提到达尔文，我认为目前我们正在经历进化的自然阶段。社会有一半是弱势群体，而剩下的差不多三分之一勉强存活。统治者的问题在于，他们不想解决问题，他们不想界定问题为问题，不然他们还得去解决问题。

来吧,投身一种艺术,
不管你做得多差或多好,它都会让你的灵魂生长。

THE MELANCHOLIA
OF EVERYTHING COMPLETED

大功告成的忧郁症

采访者
J·C·加贝尔

《别笑》(*Stop Smiling*)
2006 年 8 月

"艺术将个人置于宇宙的中心，"1970年，库尔特·冯内古特对贝林顿学院的毕业班讲道，"不管他是否属于那儿。"

库尔特·冯内古特成长于大萧条时代的印第安纳波利斯，那时他还没将艺术视为任何人的宇宙。据这位传奇的作家和幽默大师回忆，他的家庭并不鼓励艺术追求。冯内古特的父亲推动孩子们朝理性主义前进，他坚信科学是一切的答案，而非艺术。

冯内古特的哥哥伯纳德是一位物理化学家，曾就读于麻省理工学院，他认为科技会解决世界的问题。而某种程度上为了取悦父亲——老库尔特·冯内古特——一位事业备受大萧条打击的建筑师，儿子小库尔特，跟随哥哥的脚步，在纽约州伊萨卡的康奈尔大学进修生物化学。然而，冯内古特早在少年时代就已经显露出作家的天分，为高中的《肖特里奇回声日报》执笔写作，后来他担任了《康奈尔太阳报》的专栏作家、作家和主编助理。

当然，命运继续干预他的人生。化学学业才到一半，冯内古特已经屡屡考试失败。他报名参军，在接受了一些机械工程培训后，被推进了第二次世界大战，他成了第106步兵师的侦察兵。在阿登战役中，冯内古特被德军捕获，沦为战俘，之后被运到德累斯顿，他在那里目睹了整座城市被轰炸的场景，十三万五千名平民被杀害。冯内古特对这些事件的描述，成了他最珍爱的小说的蓝本，也就是《五号屠场》。书名来自轰炸时他和战俘同伴一起躲进的储肉地窖。1945年他回到美国，被授予了紫心勋章。

如今已是2006年，美国在世的最伟大的小说家结束了写作。他发表了十四部小说（其中包括《自动钢琴》《泰坦的女妖》《茫茫黑夜》《猫的摇篮》《上帝保佑你，罗斯瓦特先生》《五号屠场》《冠军早餐》和《时震》）、三本短篇小说集（《囚鸟》《欢迎来到猴子馆》和《巴贡布鼻烟壶》）、一部话剧（《万达·简，生日快乐》）、两本散文杂文集（《瓦姆皮特、弗玛和格兰法隆》和《棕榈树星期天》），还有诸多作品被改编成电视剧和电影。

他的最新作品集《没有国家的人》（七故事出版社）由短篇作品组成，大多来自他为《在这些时代》杂志所撰稿件。此书于2005年9月出版，当即成为畅销作品。

"我度过了充实的一生。"他说。他成为一位作者和自由作家到现在已经五十六年。他之前从事过的职业包括芝加哥市新闻局的警务记者、通用电气公司公关文书、科德角的教师、广告打字员和马萨诸塞州巴恩斯特布尔的萨博公司经理。

他还在大学教书，断断续续已经四十多年。最开始在爱荷华作家工作室，之后是哈佛大学，然后是纽约城市大学和马萨诸塞州北安普敦的史密斯学院。

他一共有七个孩子：三个是他自己的（马克、伊迪和南妮），三个是他姐姐1958年因癌症去世后，他接过来抚养的（泰格、吉姆和史蒂文），还有莉莉，冯内古特与第二任妻子，也就是作家及摄影师吉尔·克雷蒙茨的女儿。他们中间有大半都是某个领域的职业艺术家。看来在冯内古特家族里，艺术最终还是行得通的。

冯内古特一生中的大部分艺术品都是用毡头笔和马克笔创作的。过去十五年里，他的唯一合作人是生于肯塔基州的艺术家和版画家乔·佩特罗三世。每幅作品都由冯内古特亲笔描绘或涂色，并由佩特罗在他列克星顿的工作室里手工印刷。

在《没有国家的人》的作者按中，冯内古特感谢了他的朋友和艺术搭档佩特罗三世，详细描述了他们的创作过程："乔用耗时的丝网印刷术，将我的作品一张一张地，一种色彩一种色彩地印出来，透过布将彩墨压到纸上的这种工艺几乎没人使用了。这个过程很细致，很有触感，几乎像芭蕾，乔印的每张版画本身就是一幅绘画作品。"

"我们组合的名字，折纸速递，"他接着说，"是我对乔做的一种多层快递包裹的致敬，它被专门用来装他寄给我签名编号的版画。"

"我创作的所有作品都出版了，"在长岛的家中冯内古特这样告诉我，"我的命运大功告成，木已成舟，没什么要多说的了。所以我现在写些零散的东西——这儿一句，那儿两句，不时写首诗。我喜欢填字谜，创作艺术品。我没想到能活这么久。"他说，他已经达到尼采所谓的"大功告成的忧郁症"境界。

冯内古特尤其惊讶的是，他比马克·吐温还要长寿，他不单外形神似马克·吐温，而且非常崇拜他，尊称他为"国宝"，幽默是两人的共性。吐温于 1910 年去世，享年七十六岁，而冯内古特出生于 1922 年，如今已八十三岁。整个 19 世纪下半叶，吐温给美国人带去惊喜和欢乐，而在 20 世纪下半叶，冯内古特做了同样的事。两个人都是天生的作家、接地气的小说家，更重要的是，两人都是辛辣的讽刺高手，敏捷地掷出无穷的黑色幽默和尖锐的妙语。不管人生和时代如何艰辛，两个人都成功笑到了最后。事情就是这样。

今年夏天从六月中旬到七月中旬，冯内古特和我有过六七次电话通话。以下的访谈录取自这些通话。

《别笑》　请讲讲美国中西部在你童年记忆里的样子，还有你二战回国后对此地的印象。

冯内古特　我出生于印第安纳波利斯，但我是个生活在纽约的芝加哥人。我在芝加哥读大学，在芝加哥市新闻局做过街头记者，而我的第一个孩子马克就是在那儿出生的。

《别笑》　你认为中西部是人成长的好地方吗？

冯内古特　如果乔治·W·布什对我怒气够大，把我放逐到印第安纳波利斯，我可以在那儿过得很体面。我可以在印第安纳波利斯做写手。

《别笑》　　　在你最新的书《没有国家的人》里，有一篇关于德国人移民美国的文章。你写道你最先移民的亲戚来到新世界，更多是因为被宪法所吸引，而不是因为受到压迫。

冯内古特　　我在书里说，自由女神召唤境遇悲惨的人民，他们很自然就来了。这个国家欢迎所有人。他们之中也有受过教育的德国非犹太人和犹太人，这些人善于经商，学习了英语，为开创生活做好了准备，并且取得了成功。这让我有了一种感受，面对一位盎格鲁人的时候，我仍会不时想到这个问题：这个国家到底属于谁？印第安纳波利斯所有商业都被德国人大量接手——同样里面既有犹太人也有非犹太人。

《别笑》　　　你经常谈起家族亲戚的重要，你经常见自己的亲戚吗？

冯内古特　　这很难办到，我们四散他乡。我希望人们能有大家族，然而经济的现实将我们拆散了。我在印第安纳波利斯曾有个庞大的家族，记得电话簿上曾经一共记了三十二个人。我的孩子没有一个在印第安纳波利斯。

《别笑》　　　你和家人很久以前就转移到了东部。你对淡水派和盐水派的对立有什么理解？

冯内古特　　我的祖先来到这儿的时候，他们被这一大片土地震惊了。他们就在这片土地的中心，可灌溉土壤向四面八方延伸几百千米。因此这些土地、这片大洲就足以构想的了。纽约州、旧金山和西海岸的人是海洋派的，他们和欧洲、亚洲十分亲近，而中西部的人们是陆地派的。两者并无优劣之分，只不过有好玩的差别。你在哪儿长大的？

《别笑》　伊利诺伊州。

冯内古特　好的，你是淡水派的。

《别笑》　你在芝加哥大学学习过人类学，你是因此成为无神论者的吗？

冯内古特　不。我的先辈们是大约在内战时期抵达美国的一船德国人，他们是所谓的"自由思想者"。他们是受过教育的人，认为牧师或传教士讲万物起源的时候并不知道自己在说什么，他们深受达尔文影响。他们组成了俱乐部和野餐小组，自称为自由思想者。但是在两次世界大战期间，德裔美国人遭到严重的憎恨，而自由思想者又如此专属于德国群体，他们便不再这么自称。我加入了世袭的宗教，也就是人们所说的人文主义。我是美国人文主义者协会的荣誉主席。同时，我丝毫不传教，我已过世的特别战友——名叫伯尼·奥黑尔，出现在我很多本书里——在战后放弃了上帝，不再是罗马天主教徒。

我认为那种牺牲太大，我不希望他那么做。

《别笑》 从芝加哥大学毕业后，你直接去了芝加哥市新闻局，成为一位职业记者。你在中学和高中有过报纸相关的工作经历吗？

冯内古特 是的，我必须想办法生存。我已经生了一个孩子，老天，而我刚刚退伍。我结婚了，我妻子也很快在芝加哥怀孕了。我完全不知道到底该怎么谋生。靠人类学肯定办不到，除非有博士学位。我小时候就读的是印第安纳波利斯的一所重点高中，现在已经没有了。学校叫肖特里奇高中，他们从1906年开始出版日报。我曾经是《肖特里奇回声日报》的编辑，并且学会了写作。这经历的确有益，因为我能立刻感受到读者的反响。你发表的东西，如果人们不喜欢，你马上就知道。

我掌握了首页排版和命题的技能。在市新闻局，我们打电话报道新闻，打电话报道头条。首先要说的就是人物、事件、地点和原因，这是我写小说时经常做的事。我确保读者马上知道他身在何处。小说是两方的游戏，你必须让读者有玩下去的可能。我在哈佛大学、纽约城市大学和爱荷华写作工作室，还有最近的史密斯学院教过创意写作。如今，一个学生可能会隐藏关键信息，为了在之后的故事里一鸣惊人——到第十页你才发现这人是盲人；到第十五页你才发现这个故事发生在 1850 年。读者不喜欢这个。

《别笑》 你总是说有些人天生就是作家,你是一直想写作吗?

冯内古特 我哥哥比我年长十岁,他就是伯纳德·冯内古特博士,毕业于麻省理工学院的物理化学系。他觉得科学是一切的答案,而艺术是装饰物。他总提到我们一个整天只知道看小说的笨叔叔。我长大时艺术对我来说是绝对的禁忌。我父亲在大萧条时期备受打击,我的大哥伯尼[1]说除非我学化学,否则他们送我去大学就是浪费钱。因此我在康奈尔大学做的就是这个。我也在《康奈尔太阳报》工作,也就是纽约州伊萨卡岛的晨报。我成了主编助理,我本来可以接着当主编的,但是我参加了二战。

我讨厌化学,一直不及格,我无聊透了,总去旁听别人的文科课。我与他们谈笑风生,他们向我推荐好书什么的。我读了三年大学去参加二战的时候,几乎所有科目都没过:物理、数学,所有科目,连及格都没有。我参加了战争,然后军队把我送回了学校。因为我不是军官——军官预备校关门了。他们有大把的人等着接受别人的军礼,所以我们这些

---

[1] 伯尼(Bernie)是伯纳德(Bernard)的昵称。

大学生孩子们被送回学校,没晋升机会。热力学这门课我挂了两次——一次在卡内基梅隆大学,过去叫卡内基科技学院,后来又在田纳西大学。美军成功入侵欧洲的时候,他们想要的是一大批步兵席卷欧洲大陆,于是我就成了那样。我从来没有晋升的机会。而我作为一个步兵所看到的东西——什么都换不了。

《别笑》　是战斗的经历促使你去学校进修人类学吗?目睹了这么多死亡和毁灭的惨状之后,也许你想了解世界上一些别的文明,并为他们写点什么?

冯内古特　我仍处在对科技的畏惧中。其实人类学自称为科学,而实际并非如此,它是某种形式上的自传。在人类学系我们都要上一门课,每个人必须去,叫作"世界族群",研究一个又一个社会的更迭,教材取自各门各路的探险者、传道士和帝国主义者的记录。了解文明的多样,见识他们的创造力还挺棒的,我获益匪浅。

《别笑》　过去这几年你都在写作——大多是非虚构类的文章,写给芝加哥的杂志《在这些时代》。我很好奇你和他们的关系是怎么开始的?

冯内古特　我不知道。我八十岁了,没人注意我。然后这个中西部的报纸,还是来自我的精神故乡芝加哥,说:

"你还好吗？你为何不给我们写点东西？"我觉得这不错，而后这么一直为他们写下去了。我曾经给《纽约时报》寄专栏文章，寄了一次又一次，他们从来不发表。

《别笑》 你觉得是为什么？

冯内古特 因为（编辑）太差吧，有可能。

《别笑》 你为《在这些时代》写过一篇文章，写到你最珍爱的一个角色的死。你是杀死了基尔戈·特劳特吗，还是说我们仍会再见到他？

冯内古特 喔，不会了。我停笔不写了，只写诗歌和短篇，我现在做艺术。

《别笑》 你画画已经有四五十年，不过最近的十年，你是和来自肯塔基州列克星顿的乔·佩特罗三世合作一些艺术相关的项目。这个想法从何而来？

冯内古特 正如我所说，我长大的时候艺术是被禁忌的。我的父亲自怨自艾，他曾是个建筑师。我本来很乐意做建筑师，但我那时候信了哥哥的话。我本性就是创作艺术，于是我真来做了，算是一种很棒的歇息。乔·佩特罗说："我们一起创作如何？"这是生命将尽的时刻发生在我身上的一件美妙的事。

列克星顿有所女子大学叫作米德威学院，我有次在那儿演讲。演讲是我商业生活的重头戏。马克·吐温演讲赚的钱比写作要多。话说回来，我秋季大概有六次演讲，春季有六次。现在不做了。我受邀到了米德威学院，乔·佩特罗也在那儿。他说："你为何不画一幅自画像？我可以印丝网版画，做成海报。"于是我这么做了。我去他那儿，看到了他做的事情，他也是个艺术家。他大学是动物学专业。他为绿色和平组织制作精确细致的自然图示。对了，我画完自画像之后他说："我们为何不接着做下去？"于是我们这么做了。这是个很温情的邀请。

我没想过用绘画搞什么名堂。是乔·佩特罗让我开始商业创作，他把画放上网站，用我的画制作丝网版画。如果不是乔，我现在不会做这个。所以是乔实现了这一切，如我所说，他为我做了最美好的事——他给了我一份工作。

今天上午在纽约现代艺术博物馆里我意识到一件事，那时他们正在进行达达展览前的媒体接待。马塞尔·杜尚、马克斯·恩斯特还有那么一些家伙在第一次世界大战之后开始创作这些奇怪的艺术作品。杜尚出名地为小便池签上了"R. Mutt."。反正，我今天上午看见小便池，想到我和乔做的就是这种东西——达达。达达是艺术家们对第一次世界大战的无意义的回应。难道还有谁想创作一位尊贵人类的肖像？我和乔现在做的是达达，它们正在抗议生活的无意义。

《别笑》 比起作家,你说你更想成为一位画家?

冯内古特 我曾想同我父亲一样成为一位建筑师,而同很多建筑师一样,我也渴望画画。见到乔之前,我已经以不同的方式创作艺术。我也画画,虽然毫不规律。绘画不是什么新鲜的事情,我父亲的建筑事业受到大萧条重创的时候,他也画画。家里到处都有绘画的材料,而我已过世的姐姐艾丽斯是个优秀的雕塑家。她有句名言:"不要仅仅因为你有才华,而认为必须利用才华做出些什么。"

在大学做演讲的时候,我常说:"来吧,投身一种艺术,不管你做得多差或是多好,它都会让你的灵魂生长。"这就是做艺术的理由,你不是为了出名或是致富去做艺术,你为了让你的灵魂生长。包括边淋浴边唱歌,一个人随电台音乐起舞,画一幅室友的肖像,或者写一首诗,或是随便什么。请从事一种艺术,拥有蜕变的体验。让人悲伤的是,很多公立学校体制取消了艺术课,因为它无法谋生。拥有蜕变的经历是很重要的,这同食与色一样是必需品。真的震撼人心——蜕变。

我觉得艺术评论的问题是,它打击了人们画画的热情。舞蹈评论打击了人们跳舞的热情。但是天呐,所有人都该画画,多么快乐的事啊。对评论家来说,必须要有原创性，就好像艺术跟科学一样需要进步。老天，没有必要进步。我差不多是个立体主义画家，我是保罗·克利最大的剽窃者。

博物馆的威力在于让你知道："这很重要。"整个画框装裱这个庞大行业的理念，在于"这个是你必须看的"。你从世界之中取了一块，用画框与其余事物分隔，一定要人观赏，是挺好的。而现在我们有个大型的达达主义展览，因此你必须往这里看。我在全纽约晃荡，看看这儿，看看那儿，也许没看什么，但当你进了美术馆，你一定要看这个。艺术是恶作剧，艺术家都是搞恶作剧的。什么都没发生，他们却让人情绪起伏。这很可以，这就叫安全性爱。

但是达达艺术是对现代生活有多丑陋的回应，尤其是第一次世界大战之后。这些人只做关于自己的图画和艺术品，完全与生活无关。画家们过去曾为人、为房子、为景色画优美的画，而第一次世界大战造成如此强烈的震撼，把生活变得如此丑陋，于是他们创作虚无的图像。尤其是抽象表现主义——最激烈的是杰克逊·波拉克，他把帆布放在他车库的地上，然后往上面泼颜料。这个人完全有能力画出十字架上的耶稣或者乔治·华盛顿跨越特拉华州或者一片百合花田。然而不再有什么高尚的东西要描绘了。关于艺术的笑话，其实就是你如果用画框框住了什么，人们就会去看它，那是种冥想。我们作画。仅此而已。我们可以作任何想做的画。对于蒙德里安是这样,对于杰克逊·波拉克也是这样。单单因为他们的画没有市场是不会让他们停止作画的。

《别笑》 你认识杰克逊·波拉克吗?

冯内古特 我和他短暂地见过一面,为他在《时尚先生》杂志上写了一篇文章,他被杂志社的人称为"滴流者杰克"。人们说:"拜托,请画个漂亮的婴儿,画个美丽的女人、一位高尚的人物、一匹宝马。这就是一个画家能干的吗?往他家车库地上的帆布泼颜料?"他很反感艺术所成的现状,我和乔也是。而且这很有趣。绘画的功能——我和乔的图像——是摆在人们家中的,不是放进美术馆的大作。有些人可能喜欢把它们放在家里或是办公室里。我们并没有开辟新天地。

《别笑》 你是否认为人们太看重赚钱,而故意轻视了艺术?

冯内古特 是的,而且我们有全世界最差的几所学校。

《别笑》 因为课程贫乏?还是班级规模问题?

冯内古特 班级都太大了。我对乌托邦的定义非常简单:一个班十五个人或者更少,在这基础上就能建设一个伟大的国家。一个班三十五人,老天啊。理想地说,班级应该是一家人，大家来相互照顾。要是有人微积分学不会？就会有人说："来吧，我告诉你。"一个班三十五个人？老师真可怜。

《别笑》　你教了好几年写作课，当你遇到一个天赋异禀的学生，会不会目瞪口呆，不知道如何让他们发挥才能？

冯内古特　我的国家里所发生的事情才让我目瞪口呆。但是就像我在演讲里常说的，你从事艺术是为了让灵魂生长，而不是以此谋生，让自己获得名声和财富。这是一种蜕变的过程，是长大成人的一种必需品，就像食物、性爱或体育锻炼一样。你从中发现自我。我曾经向观众发出挑战，现在我不再面对他们了，我那时会说："今晚写一首诗吧。尽可能写到最好。四行、六行或者八行。尽最大能力写好。不要告诉任何人你在做什么，不要给任何人看。当你认为达到最好、感到满意的时候，把它撕成小碎片，分散撒进相隔很远的可回收垃圾箱里，你会发现，你得到了做这件事的最充分的回报。"这是一种创造行为，让人如此心满意足。

《别笑》　你是怎么开始给期刊写短篇小说的？

冯内古特　这是件特别诱人的生意，杂志这个行业那时正在蓬勃发展，我可以很轻易地辞去通用电气的工作，然后赚一大笔钱。《科利尔杂志》和《星期六晚邮报》每星期都分别需要五篇短篇小说。像我这样多赚的人不少。比通用电气给的钱要多得多。

《别笑》　　对你来说很奇怪吗？你在家写作，就能赚到比常规工作多很多的钱？

冯内古特　　不，完全不奇怪。这是一种特殊技能。不是所有人都能做到。我有写短篇小说的天分，很多人没有。同样很多人也不是跳高运动员和撑竿跳选手。这是我能做的一些事。凭借我的特殊天分，我可以让家人搬到科德角。

《别笑》　　你总是说你从事的是讲笑话的行业。你现在还这么认为吗？

冯内古特　　是的，我也欣赏别人讲的笑话。总有一些可爱的事情在发生，就算世界将要毁灭。有部很精彩的电影，是加里森·凯勒尔的《牧场之家好做伴》。里面有很精彩的乡村笑话。老天，太让我着迷了，我爱乡村笑话："我送你的马桶刷你试了吗？""试了，但我还是更喜欢用厕纸。"

《别笑》　　有一次，罗伯特·奥特曼谈到要将你的一本书拍成电影，那本《冠军早餐》。

冯内古特　　我们不知为什么一直没碰面。我是他的忠实粉丝，我猜他也喜欢我做的东西。他的《纳什维尔》是真的大师级作品。

《别笑》　他最著名的电影是《陆军野战医院》，一部讲在战争时期寻找幽默的电影。大萧条和二战的惨淡时期过后，20世纪50年代似乎给人以希望，而现在也过去了。你认为我们如今的景况是什么造成的？

冯内古特　这是一个非常富饶的国家，一个经济天堂，得益于丰富的降雨和富饶的土壤。我们能够承担十五人或者更少的班级制，我们也能够承担像挪威和加拿大那样的国家医疗体系。是我们所谓的领袖带我们走到了今天这步田地。

《别笑》　你说过，我们参与越战所得到的收获，就是发现领导层是可以多么残忍。这个话题你如今怎么看？

冯内古特　惨剧一场。就这样。这不是我们第一次打败仗。对我来说这个国家本不该变成这样，虽然那些感觉有权利拥有一切的少数人可能不这么认为。目前的状况是，我们已经将这个作为生命支撑体系的星球毁坏了，因而它正在缓慢死去。我们的处境是悲观的。太难修复了，也太昂贵。只存在一个党派，有钱人的党派。他们当中有些人自称民主党，要同共和党作对。现在所有人都说我们无力回天。别扫兴就行了。只要能得到石油，我们就会一直享用汽车。气候将变得越来越差，越来越多的物种会灭绝。在我最新的书《没有国家的人》里，我写了一首诗，我认为是很重要的诗。但如今没有重要的诗这回事了——没人想理会。我们注定要完蛋，因为要补救太难了。每个人都在说："没关系，我只是再活几年，然后就从这里消失了。"我创作的艺术品里有一件是以指示牌的形式呈现的，上面写着："亲爱的晚辈们：请接受我们的道歉。"人类从来最享受的就是这个，如果你回顾历史，没有人快乐过。突然间有了汽车，所有人开始享受生活。这会终结的。我完全不在乎，因为我到时候早死了，不会有任何感受。我一直在努力自然死亡，可惜没这个运气。

《别笑》　你晨起的动力是什么？

冯内古特　阳光。新闻糟糕透顶，我们只有互相娱乐。

《别笑》　我们自娱自乐而死？

冯内古特　是的。其实，也没什么别的可做了，因为我们现在已经不能阻止星球的崩溃，生命支撑的崩溃。我不知道他妈的该怎么做。风车数量不够是肯定的。"科学可以解决一切，别担心——同时，尽情使用石油吧。"老天，我们如今有家产十亿的富翁。那可是一大笔钱。

《别笑》　　怎么可能有人没事，就算是这些富豪，怎么逃得过星球的最终灭亡？

冯内古特　　因为他们是冷血精神病。他们没有良心。他们生下来就缺失良知。关于这种人有本不错的医学书，叫《理智的面具》，作者是赫维·M·克莱克里博士。写的是那些生下来缺失良知的人，他们不关心接下来会发生什么。他们在事业中飞黄腾达，因为他们行事果决。你和我可能说："天啊，我不知道现在到底怎么办。"而一个精神变态会说"我们应该这么办。对！"女人也深受其吸引，因为他们如此果决、有魄力。他们有一点非常可怕——这也适用于布什和切尼——就是他们一点儿都不在意自己会怎么样。你可以信得过一个想自保的人。而这些人不是，他们乐意成功，但他们同样不介意自己会怎样。

《别笑》　　这些人不可能在下一轮选举中获胜。

冯内古特　　我不在乎。我们没有敌对党，只有一个党，那就是获胜者。是有钱的人，而他们假装相互斗争，相互争论。

《别笑》　　9·11之前，看起来拉尔夫·纳德的2000年总统竞选会真的成就第三个政党的形成。

冯内古特　　电视媒体归法西斯集团所有，它们并没把纳德当回事。他们让他看着像个傻子。无论他想建立什么新党，一切到此为止。霍华德·迪恩也一样，他完全没被认真对待。我参加了伊拉克战争开战前的反战抗议，根本没有任何媒体报道。我们是完全体面的人——穿西装打领带的男士，受过教育的人士。他们是社会的中流砥柱，然而完全没有报道。

抗议越南战争期间，政府会派人假装成我们的一员，而这些才是真正捣乱的人。我们在华盛顿的纪念碑附近有一次群众集会，那时应该是尼克松的第二次就职演说。我们很守规矩。一帮运动员模样的年轻人出现了，他们带着喷漆罐爬上了纪念碑，在上面写"去死"和"他妈的"。他们是政府派来的。我敢肯定大家以为那是我们干的。

《别笑》	尼克松得到了应得的下场。我感觉当局让尼克松显得很窝囊。
冯内古特	是的，我希望现任总统是尼克松，我至少能和他说话。
《别笑》	他似乎在同自己内心的恶魔斗争，而不是耶稣基督和新保守主义势力。
冯内古特	他们也并不是基督徒。他们只是利用耶稣来动员一群可以指望为他们投票的人。宗教权力强大，反映

出这个社会的人们有多寂寞。我们都需要大家族，人类一直有大家族，直到很近代，也就是工业革命的时候才消失。我们需要大家族就像需要维生素C。你独自和你的小家搬到新的地区，而拜上帝所赐，那儿有一座教堂，举行着各种活动，有时还有游泳池和健身室。人们为了不寂寞会做任何事——就像窒息的人会拼命挣脱这种状态。一旦加入了那些家庭，你便享乐其中。那是一个可去的地方，有人一起聊天、游行、抗议。这就是大型的美国通病，很容易被冷血者利用的疾病，寂寞，难以忍受的寂寞。

《别笑》 如果这些人感受到的寂寞不单单可以被宗教治愈，还可以被艺术、音乐、舞蹈、自由思想治愈的话，就是另一回事了。

冯内古特 是的，因为这其中乐趣无穷。还有唱歌。我说我们需要大家族，而如今不再有了。太糟糕。人们会参加附近的任何一个团队并混成一片。如果我也那么寂寞的话，我也会这样。你能做的只有不去扫兴。星球的死亡不可逆。前段时间我做了一款保险杠贴纸，现在手头没有剩，但流行了一段时间。上面写的是："亲爱的地球。我们本可以拯救它，但我们太他妈粗鄙和懒惰了。"我们真的会失去它。最理智的事情就是享乐。我们没什么可以阻止这个过程，它太昂贵，会消耗太长时间。

《别笑》　　2000年的时候，一场火烧毁了你大部分早期的草稿、小说，还有书信。对你有打击吗？

冯内古特　　没怎么样，我讨厌财产。我所有作品都出版了，我也不想说什么了。所有想说的话都说了，活得这么久我有点不好意思。我特别羡慕约瑟夫·海勒、乔治·普林普顿和我其余所有先走的朋友们。他们不必听新闻了，我就想要这样。我想我做得不错。消失在大火里的东西，只有一样我很想念，就是我芝加哥大学的硕士学位证书。

《别笑》　　你长大的时候家里有一间五金店，于是，即便是从锤子和十便士钉子上，你都了解到一点科学，然而正是科学让我们投下了原子弹。我很好奇，当美国不得不投下原子弹来结束战争的时候，人们的整体反响如何？人们满意这种辩解吗？还是惊恐于这种想法？

冯内古特　　我哥哥比我年长十岁——他是完全的技术统治论者——以为科学可以解决一切。我在成为战俘之后，从二战回到家乡，在印第安纳波利斯休假，我哥哥也在那里。我们有天早上起床，看见前门台阶上放着《印第安纳波利斯星报》，上面写"美国轰炸日本"。我哥哥对此极为反感。科学会让一切更好——

更容易、更多乐趣——而这件事彻底让他恶心，直接给了他致命一击。要不是他的反应，我真不知道这个新闻有多恐怖。

他在临终的床上，又一次这样说了。他住在阿尔巴尼的一间临终安养院里，可以在里面养他的猫。他有很多临终的话要说。其中之一就是，他认为科学家们结交了恶人。他还说了另一点："如果超级大国打算用碘化银开战，我想我能接受。"是伯纳德发现的碘化银，他参与了最初的一系列试验。他肯定不想用原子弹打仗。

我们中有很多人都对此厌恶不已。当我乘运兵船回家的时候——我们当时从弗吉尼亚州纽波特纽斯被送回家，我问我的哥们伯尼·奥黑尔，他后来成了地区律师："你的收获是什么？"他说："我永远也不会相信政府了。"我们以前都是好人，我们不应该去伤害平民、男人、女人和孩子。毕竟，在原子弹轰炸日本之后，德累斯顿轰炸造成了十三万五千人死亡，比死于日本原子弹轰炸的总人数还多。我们最后其实也是坏人。

《别笑》　斯蒂芬·霍金最近在演讲中对观众说，我们应该认真考虑殖民太空，因为这可能是避免未来人类灭绝的唯一选择。讽刺的是，这就是你在虚构语境中所写的内容。

冯内古特 那他肯定是在开玩笑。伯特兰·罗素说过:"我们是宇宙的疯人院。"我们无法殖民太空,没有交通途径。而人类显然不是好东西,难道整个宇宙该被我们传染吗?

之前很少有作家能如此透彻而不浪漫地爱人类，
冯内古特见到了我们真实的样子，而爱我们如故。

GOD BLESS YOU,
MR. VONNEGUT

上帝保佑您，
冯内古特先生

采访者
J·伦蒂利

《美国航空杂志》(*U.S. Airways Magazine*)
2007 年 6 月

库尔特·冯内古特正在做上帝的工作，不管你信上帝与否，反正冯内古特不信。在包括《五号屠场》《猫的摇篮》《茫茫黑夜》和《时震》的十多部作品中，这位伟大的美国作家——或许应该说那一位伟大的美国作家将黑色幽默、讽刺和科幻与深刻坚定的人文主义结合在一起。之前很少有作家能如此透彻而不浪漫地爱人类，冯内古特见到了我们真实的样子，而爱我们如故。他的作品时而残酷露骨，时而滑稽脆弱，时而想象力疯狂；总是容易阅读，有时候甚至有粗放的线条绘画，恳求我们当即赞许我们的同胞，相互关爱，去变得善良、体面、诚实，甚至高尚。冯内古特总是让我们尽全力去成为最好的自己，并不懈地敲打我们的笑穴。这些都是我们应该感激的事情。从2000年十月到2007年三月六日，也就是冯内古特八十四岁去世前的一个月，作者与冯内古特的四次对话其实都与感恩有关。爵士乐、为人父、舞蹈、牺牲、喜剧、平凡英雄、友谊和兄弟情、创作过程，这些都被冯内古特看作生命中的美好福分，谈话中常间歇地爆出大笑，每一分钟都流露出一位杂耍演员的时间感和一位师长的心态。一个人可以在二战中打仗，从恶名昭彰的德累斯顿轰炸中幸存，失去朋友、妻子和无数所爱之人，更不用提经历美国历史最近二十年的动荡之后，仍然相信"一切都是美好的，没有伤害"，并把这句话刻进了墓碑的图案里，或许还伴有大笑。上帝保佑您，冯内古特先生，无论您身在何处，谢谢您所做的一切。

伦蒂利　　请告诉我吸引您开启创作生涯的起因，无论是作为作家还是艺术家。

冯内古特　我一生都在画画，是种业余爱好，没有真的办展览之类的。只是件愉快的事，我推荐大家都来做。我经常对人们说，去做一种艺术吧，不用管做得多好多差，因为这让你有一种蜕变的经历，让你的灵魂生长。这包括唱歌、跳舞、写作、绘画、演奏乐器。学校教委让我不快的一点是，他们把艺术课从课表里剔除了，因为他们说艺术不可谋生。然而，有很多值得去做的事是赚不了钱的。（笑）它们是让生活更愉快的愉快方式。我的画之所以成功是因为我有名，否则人们不会有任何兴趣，这没问题。我创作这些作品单纯出于创作的快乐。偶尔我和真正的画家和艺术家聊起他们的艺术高潮，那就是实际创作的过程。其余的——赞美或是失败什么的——对他们来说只是噪声。重要的是做的过程，蜕变的过程。剩下的真的无所谓。

伦蒂利　　在您蜕变的过程中，您带给世界很多温暖和幽默。

这很重要，不是吗?

冯内古特　我问过我的儿子马克，他眼中的人生是什么，他说"无论人生是什么，我们都会相互帮助，共同度过这一切。"我认为这是最好的回答。你可以做到——无论你是喜剧演员、作家、画家还是音乐家。他是位儿科医生。我们帮助彼此，度过当今生活的方式有很多。有些很有用。音乐家就让我受益无穷。我希望自己能成为其中一位，因为他们做了很大的贡献。他们让我们度过几小时难熬的岁月。

伦蒂利　什么时候艺术对你变得重要，什么时候创作成为一种规律。

冯内古特　我的祖父，伯纳德·冯内古特曾经是印第安纳波利斯的建筑师和画家。我的父亲曾是建筑师和画家。我姐姐是出色的雕塑家。所以家里一直有艺术家和艺术材料。我可以在其中尽情徜徉。我没把这当回事。我和杰克逊·波洛克一样无所谓，把一块画布扔到地上，用最美的方式乱搞一气。

伦蒂利　"严肃的缺乏，"您写道，"引向各种绝妙的洞见。"

冯内古特　是的。这个世界太严肃了。对一件艺术品发怒——因为有人可能在某个地方对我的创作大发雷霆——这就像对这一个热奶糖圣代发脾气一样。

伦蒂利　　您的书表面上不是那么严肃,虽然它们频繁地讲述严肃的想法和主题。《五号屠场》出版后五十年,人们仍然在读您的书。您觉得您的作品为什么有这么长久的吸引力?

冯内古特　我之前说过:我用孩子的口吻写的。这样高中的学生能看懂。(笑)

伦蒂利　　《时震》十年前出版的时候,您说您基本上退休不写了。之后您出版了两本散文集《上帝保佑你,死亡医生》和畅销的《没有国家的人》。我好奇是否视觉艺术取代了写作在您生活中的地位。

冯内古特　其实不过是老年生活的消遣。(笑)你可能知道,我正在起诉一家香烟公司,因为他们的产品还没把我杀死。

伦蒂利　　对您来说,坐下写作和拿起画笔是两种不同的创作过程吗?

冯内古特　不是的。20世纪60年代我曾在爱荷华大学的作家工作室教课,每个学期开学的时候我都会说:"这门课的范例是文森特·梵高——他卖了两幅画给他弟弟。"(笑)我只是坐在那儿,等候见到我内部的东西,这对写作和画画都是一样,然后灵感就来了。有时候什么都没有。詹姆斯·布鲁克斯,那位杰出的抽象表现艺术家,我曾问他怎么看绘画,他说:

"我在画布上画第一笔,然后画布完成剩下一半。"画家就是这么认真,他们等着画布来完成一半的工作。(笑)别逗了,醒醒吧。

伦蒂利　　您的妻子,吉尔·克雷蒙茨是位一流的摄影师。我好奇她的作品对您的艺术有没有影响,或是灵感的启发。

冯内古特　没有。但这是婚姻的一个重要部分。我爱上了她的才华。(笑)我特别为她自豪。作为她作品的消费者,我那么喜欢她的创作,而她真的知道自己在干什么。她用的底片很少,她就是知道该什么时候按下快门。我有次问她怎么知道拍照的最好时机。她告诉我,有次她为一对互有好感的男女摄影,最佳的拍照时机就是男人话讲完了,不知道还应该说什么的时候。(笑)

伦蒂利　　我们活在一个非常视觉化的世界。文字还有残存的力量吗?

冯内古特　我几年前和朋友约瑟夫·海勒和威廉·斯泰伦参加过一次论坛,这两人都已经去世。我们那时候谈了小说之死和诗歌之死,斯泰伦指出小说向来都是一种精英艺术。这是为少数人存在的艺术形式,因为只有为数不多的人擅长阅读。我说过,打开一本小说就像来到一个音乐厅,别人递来一把提琴。你必须要表演。

（笑）盯着水平线上的音符符号和阿拉伯数字，在头脑中上演一场剧，读者必须表演。如果能做到，你就可以跟着赫尔曼·梅尔维尔去南太平洋捕鲸鱼，或者观看包法利夫人在巴黎颓废人生。你只需坐在那看一张图片或是一部电影，这一切就会发生。

伦蒂利 很多年前，您说过作家的职责就是安排陌生人的时间，让他们感觉没有虚度光阴。如今让陌生人消遣时光的方式很多。

冯内古特 没错。时间还可以用来做大把别的事。过去还有人不知道到冬天到底怎么过呢。（笑）然后一本大书出来了——一本很大很棒的书——所有人都会读这本书来消磨光阴。这是电视出现以前的一个非常原始的实验，人们不得不看纸上的墨，老天。我长大的地方广播是很重要的。里面有滑稽的喜剧演员、美妙的音乐，还有话剧。我曾经听广播度过时光。现在，不需要识字也可以过得很愉快。

伦蒂利 您说过电视是当今最切实的艺术形式。

冯内古特 嗯，是的。电视就像梦一样，是一种吸引注意力的方式，而且它极为在行。对于很多人来说，电视就是生活本身。教堂曾经给了人们比家里更好的陪伴，但现在无论你的社区或是家庭生活如何，你打开电视，就有了亲戚和家人。不知道你听说过没有，科学家培养出了一群小鹅，相信飞机是它们的妈妈。人类会相信各种不真实的东西，这没有问题。电视就是其中之一。

伦蒂利　在您看来，有哪些好的电视节目？

冯内古特　我看过一些电视剧，主要是20世纪20年代或30年代的百老汇剧。电视是上演我们那么多杰作的地方，如果说杰作已经不多的话。比如《法律与秩序》讲的是很微妙的话题和社会问题，非常精彩和真实。这部是正在播的最棒的剧之一。

伦蒂利　2007年被冠名为冯内古特之年。我们几年前访谈的时候，您说您一直很看重社群对您的接纳。你是否找到了这个乐园？

冯内古特　唉，是失乐园吧其实。我们都需要大家族。我们需要它们，就像需要维他命和矿物质。而我们大多数人都不再有大家族的亲人了。我在印第安纳波利斯曾经有过一个大家族，是在我1922年出生的时候。我到处都有叔叔阿姨，兄弟姐妹，也许还有可以进入的家族企业，整排农舍都住满了我的亲戚。总有人可以聊天，可以嬉戏，可以学习。我失去了这一切。他们都四散各地。

伦蒂利　但广义的社群正给予您荣誉——为您举办庆典和节

日。您怎么看?

冯内古特　这荣誉非常暖心。当然,这其实是印第安纳波利斯的图书管理员们的主意——他们的公共图书馆系统很棒,我小时候便获益匪浅——而这种庆典实际上是对图书和阅读的赞美。图书管理员,我们国家的真英雄,出头办了这次庆典,是非常棒的事。

伦蒂利　您是否正构思另一本书?

冯内古特　没有。看,我都八十四岁了。小说作家通常在四十五岁之前写完了最好的作品。象棋大师三十五岁就完蛋了,棒球运动员也是。还有好多人在写作呢,让他们去弄吧。

伦蒂利　那么您老人家忙什么呢?

冯内古特　我的国家在一片废墟之中。所以我是有毒鱼缸里的一条鱼。我基本上对此无比恶心。本该有希望,本可以是个伟大的国家。但我们现在被全世界的人鄙视。我曾期望建设一个国家,为它的文学贡献力量。这就是我参与二战的原因,这就是我写书的原因。

伦蒂利　当有人读您的书时,您希望他们在阅读中有何体会?

冯内古特　其实,我希望那哥们——或者姑娘,当然了——放下书的时候,想:"这是有史以来最伟大的人。"(笑)

再过一百五十年,
你得让女人获得投票权,拥有公共职位。

THE LAST INTERVIEW

最后的访谈

采访者
希瑟·奥古斯丁

《在这些时代》(*In These Times*) 网页版
2007 年 5 月 9 日

四月二十七日，根据计划，作为冯内古特之年的全市庆祝活动的一部分，库尔特·冯内古特要在印第安纳波利斯做演讲。而二月二十八日，在后来成为的最后一次访谈中，我通过电话与纽约家中的他对话。

因为他身体不适，我们谈的时间不长，不过我们谈到了家人度假的回忆、他的祖先和家的真谛。遗憾的是，这位亲人离我们远去了，他是我们精神上的亲人，真正的美国人，极强的鬼才作家。以下是我们的对话。

奥古斯丁 印第安纳州有哪些东西解释了您为什么写作，您写什么，还有您是谁？

冯内古特 是的，当然很多可写的。印第安纳是个严重分裂的州，造成了一种张力。内战期间，州长解散了州议会，因为他害怕南印第安纳州会加入邦联。这种紧张局势确实还挺刺激。当然，印第安纳州有些地方种族歧视很严重。最后的凌迟刑是在梅森-迪克森线北部的马里恩，发生在1930年，那时我是个孩子，3K党的总部在我的家乡印第安纳波利斯。不过印第安纳州也是伟大的社会主义者尤金·德布斯的出生地和家乡。所以那种来来去去的对战也很有意思。当然，我是德布斯这一边的。

奥古斯丁 这对年少的您和您之后小说的内容有什么影响吗？

冯内古特 在公立学校里，我知道美国应该是——你知道的，一座自由的灯塔，照亮世界上的其余国家。然而显然不是这样。我曾给伊拉克写过一封信，一封署名为山姆大叔的公开信（笑），信上写着："亲爱的伊拉克。像我们这么做吧，在民主的开端，一点点种族灭绝和民族清洗是可以的。一百年后，你得解放奴隶了。然后，再过一百五十年，你得让女人获得投票权，拥有公共职位。"搞一些民主。所以，我在年少的时候发现了这些矛盾，当然，这对很多人来说是可以接受的，但我不行。

奥古斯丁 跟我讲讲您在印第安纳州的童年吧。我知道您写过您曾经去过马克辛卡其湖。

冯内古特 是的，其实，我在演讲里说过，每个人都需要大家族的亲人。美国的大型通病是寂寞。我们不再有大家族了，但我曾经有过。电话簿上有很多冯内古特，我母亲姓利伯，也有很多姓利伯的人。

在马克辛卡其湖有很多排房舍，其中一排是我们家的，因此我一直被包围在亲人中间。你明白吧，兄弟姐妹、叔舅姨姑等等。那就是天堂。但从此以后，大家都四散各处。

奥古斯丁　您认为您的书《猫的摇篮》有与此相关的部分吗？
冯内古特　我不会真的去追溯自己任何想法的源头。家里教会我的一个根本态度就是做自由思想者。人们不再这么自称了，因为这个名号特属于德国，而德国在一战时期备受憎恨。我现在是美国人文主义者协会的名誉主席，跟这是一回事。

但是你知道，我完全不讽刺宗教。宗教对人民十分有益。我有个特别好的战友伯尼·奥黑尔，他极为痛恨美国对平民的轰炸，因为他以为我们是好人。他以为我们很小心谨慎，不去杀害平民，纳粹那类坏人才不理会杀害了哪些人。然后我们目睹了德累斯顿轰炸，当运兵船战后将我们送回家，要相互分别的时候，我说："你有什么收获？"他回答："我再也不相信政府了。"

自由思想者，他们很像人文主义者的方面，在于他们接受科学而不是旧约内容的影响。

奥古斯丁　我对他们有点了解。
冯内古特　我父母两边的先辈在内战时期来到了这儿，他们其中有人断了条腿,回德国去了。不管怎样,他们都是自由思想者,他们受过教育,完全不是难民。他们是机会主义者,计划去建设、去投入商业。

我的曾祖父克莱门斯·冯内古特有次这么说耶稣:"如果他讲的东西好,让人惊奇,他是不是上帝又有什么关系?"而且登山宝训对我影响很大。不过我该走了。我身体不舒服。祝你好运。

库尔特·冯内古特 KURT VONNEGUT

1922 年 11 月 11 日出生于印第安纳州印第安纳波利斯,他以黑色幽默、讽刺口吻和无与伦比的想象力,凭借 1959 年的《泰坦的女妖》首次吸引了美国的注意力,而 1963 年的《猫的摇篮》奠定了他"真正艺术家"(《纽约时报》语)的身份。正如格雷厄姆·格林所称,他是"在世最优秀的美国作家之一"。冯内古特于 2007 年 4 月 11 日去世。

卡罗尔·马洛里 CAROLE MALLORY

美国作家、演员,曾为模特,出现于电影《寻找顾巴先生》和《复制娇妻》中。

J·C·加贝尔 J. C. GABEL

《别笑》杂志(*Stop Smiling*)创始编辑和出版人。他编辑并出版了"别笑"系列丛书。

约瑟夫·海勒 JOSEPH HELLER

1923 年出生于布鲁克林。1961 年,他发表了《第二十二条军规》,成为畅销书,并于 1970 年被改编为电影。他继续创作了多部小说,包括《纯真如今》《上帝知道》《图画此景》《终了时刻》(《第二十二条军规》的续集),以及《老年艺术家画像》。海勒于 1999 年 12 月去世。

罗伯特·K·穆西尔 ROBERT K. MUSIL

美国大学国际学院入驻学者及副教授,任教于全球环境政治学课程以及核武器研究院。

J·伦蒂利 J. RENTILLY

记者,工作于洛杉矶,为多个国家及国际出版物撰稿,内容涉及电影、音乐、文学和流行文化。

希瑟·奥古斯丁 HEATHER AUGUSTYN

《西南印第安纳时代报》(*The Times of Northwest Indiana*)的记者,以及《海岸杂志》(*Shore Magazine*)的特约编辑。她曾为《村声》(*The Village Voice*)和《E!环境杂志》(*E! The Environmental Magazine*)撰稿,是冯内古特作品的热心读者。